三民叢刊120

寒冬聽天方夜譚

保真 著

三民書局印行

我最憐君中宵舞

——「寒冬聽天方夜譚」序言

李宜涯

與保真認識已是十五年前的事了。

當時，我大學剛畢業，在《青年日報》（那時稱為《青年戰士報》擔任記者，負責採訪文教新聞。有一次，報社派我專訪國軍新文藝運動大會，因而認識不少文壇新秀，保真是其中之一；大家相談甚歡。不久，保真入伍服役，在軍中常看《青年日報》，兩人偶而會通信問候。對他的印象僅是一位優秀的文學青年，很能在小說中表達年輕一代的生活與心靈的困窘。

民國六十八年底，美國突然片面宣布與我斷交，全國人心忽忽若狂，激動不已，愛國的情緒漲到最高點，各種表達愛國情操的行動紛紛展開。有一位民眾，印製了大批的國旗貼紙，送到報社，希望轉贈讀者。我在發完這條新聞後，收到保真的來信，希望我能寄一些給他，他人在軍中，不能參與各種愛國活動，唯有藉著國旗貼紙，表達他愛國家的那一份心意。記得他在信中表示，貼紙除了分一些給軍中伙伴使用外，還準備寄到海外給朋友張貼，以擴大海外華人的愛國意識。

在我寄完數量不少的貼紙給保真後，我發現對他的了解又多了一些。保真，除了熱愛文學外，他還挺愛國的。

保真是真正熱愛國家的。他是用他的心去愛，他的情去愛，而在十五年後的今天，我更強烈的感到，他根本是在用他的生命去愛。愛得赤誠，愛得狂熱，更愛得執著。

保真服役後，出國讀書，從美國到瑞典，再回到臺灣；從碩士到博士，再到教授，十五年來，他寫作的風格逐漸改變，由當年《人性實驗室》、《水幕》、《邢家大少》等的校園小說、留學生文學淡出，轉移至關懷臺灣本土、中華民國未來，乃至整個中華民族前途的散文式評論文章。「眼界始大，感慨遂深」，可以說是這些年來他在各報發表的文章的最大特色。這個特色，在《寒冬聽天方夜譚》這本書中，尤其發揮的淋漓盡致。

我有幸成為這本書的第一位讀者。因為，一年多前，保真開始為我主編的「青副」撰寫每週一篇的專欄，專欄的名稱就是「靜夜鐘聲」。

每當我收到他的傳真稿後，就仔細閱讀，每讀到會心處，就忍不住擊節稱賞，並趕緊用紅筆圈出，將字體標明放大，希望在見報以後，讀者也能夠同我一樣欣賞此段文字。

保真專欄的涉及範圍，多半以人文關懷為主，舉凡教育、農業、林業、環保、宗教等問題，皆有獨到且深入的看法；但我個人以為，這些文章尚不能完全表現出保真的真性情。最能代表保真真性情的文章，當屬保真以一知識分子對時政發出的沈痛怒吼，如〈在求中國之自由平等〉、〈中產階級與人文意識〉、〈日本情結宜速退〉、〈為眷村說句公道話〉、〈滔滔亂世中的知識分子〉、〈孤績誰復論〉……等篇。

在這些文章中，保真以犀利的筆觸，簡扼卻有力的表達了他的國家觀念：

須知臺灣並不等於中國，這個家的國號如果還叫做「中華民國」，眼界就不能局限於臺澎金馬這三萬六千平方公里土地，因為這個國家的立國先賢，是要在一千一百餘萬平方公里山河上，承擔四千八百多年民族列祖列宗之付託，開創一個國民革命的新局。因此，當前的大陸政策不能只是消極保守的防禦性政策，必須以積極踏實的態度為國家的統一開創遠景，求全中國之自由平等。

他也毫不留情的解說了在近年選舉中，為什麼眷村鐵票會生鏽的原因：

如果懷疑為什麼眷村的鐵票會生鏽，也許是因為當有人刻意誣蔑眷村時，不見政府與執政黨為眷村講句公道話，更重要的，眷村居民可以忍受惡劣的居住環境，可以忍受外界的誤解與誣蔑，但是不能忍受自己曾毀家紓難以捍衛的國旗被焚燒、踐踏，國家民族意識不容模糊。黨政要員密集訪問眷村時，可曾注意到這股沛然莫之能禦的民族正氣？此謂之榮光，謂之氣節。

這些話，不論從宏觀或微觀的角度看，都是一針見血，擲地有聲，但卻不是一般人所能或所願直言的。在滔滔亂世中，保真顯然保有了知識分子的良知，他沒有隨世媚俗，扭曲人格，說一些自己也會汗顏的話。而這也謂之風骨，讓人想起屈原，想起岳飛，想起文天祥，更想起黃花岡七十二烈士。在廿世紀末的今天這個小小的臺灣島上，我們是多麼需要這樣無私無我、堅守理想、信仰公義的人站出來，為天地立心，為生民立命，為中華民族的萬世開太平。

宋人詞中，我獨愛稼軒。在這篇似序非序，亦不敢為之序的小文最後，我謹以稼軒這首〈賀新郎〉詞的下半闋，贈勉保真：

事無兩樣人心別。問渠儂：神州畢竟，幾番離合？汗血鹽車無人顧，千里空收駿骨。
正目斷、關河路絕。我最憐君中宵舞，道男兒，到死心如鐵。看試手，補天裂。

憂患中有喜樂

——爸爸八十歲

保真

父親今年八十歲，我自己四十歲，父親年齡正好是我的一倍，從個人一家一己的觀點看，也是人生道上彌足珍貴的紀念，頗有感懷。

少時初讀白先勇的《臺北人》，書中扉頁寫著：「獻給先父先母以及他們那個憂患重重的時代」。這句話特別吸引我的，就是「憂患重重」四個字。憂患，既是對客觀環境的描述，也是自我主觀心情的寫照。在烽火亂世裏，依然有十里洋場，仍舊有燈紅酒綠、紙醉金迷，有道是今宵有酒今宵醉，這種心境就不能說是「憂患重重」了。

我的父親也是成長於一個「憂患重重」的時代：父親出生於故都北京，自幼喜歡繪畫，但是那段歲月正是中國遭受日本侵略壓迫最深的時期。十年前父親曾在〈抗戰勝利四十週年回顧與深思〉一文中，回憶當北伐軍抵達北京，北京各級學校舉行雙十國慶遊行，經過東長安街日本使館區，一群日本小孩在鐵絲網後以中國「三字經」向遊行隊伍叫罵，使遊行學生無比憤慨，父親就是遊行學生的一員。

父親既是成長於日本侵華時期，與當時許多熱血青年一樣，很自然的激起了投筆從戎的念頭，十八歲時搭火車離鄉前往杭州筧橋，報考航空學校，立志為中國「造飛機」！抗戰前夕，父親與前後期同學獲選赴美留學，學習航空工程，回國後參加「航空研究院」，在四川成都正式開始「造飛機」。當時的物質條件極差，父親後來在〈中國的第一架木竹飛機〉一文中，追憶當時在航空研究院熬夜設計飛機，累了只有吃一匙砂糖以提神。支撐父親他們的那股力量，就是所謂的民族情操吧！在那個憂患重重的時代，那是何等自然的情感與信念。反過來說，一個能自然激發個人民族主義情操的時代，才稱得上是「憂患重重」的時代。

去歲我與雙親同遊北京，一天傍晚車經繞城的外環道路上，我們突然看見車窗外遠遠矗立著的前門城樓。落日餘暉中，古老的城樓與現代的立體高架道路相對映，這座三千年歷史名城經歷了我們民族多少滄桑歲月。近十多年來，父親先是與家母小民女士合作，一寫一畫，畫了不少故都北京生活的圖畫，後來自寫自畫的作品也頗為可觀。父親說他畫的這些都是「檔案藝術」，亦即要為中國的歷史（大自建築，小至日常生活）留下記錄。當我在北京親睹那座夕陽中的城樓，心中了然其實父親藉畫作表達的戀舊懷念，並非一座城門、一座角樓、箭樓，而是自己曾在那座城裏度過的憂患歲月。原來個人的生命雖然極其渺小，卻能如此與一個時代及一段歷史相溶相合。

從個人的角度看，父親常說自己是處在兩代夾縫中的「父親」，做孩子尚是老時代的爸爸有無上權威之時；等自己做了父親，已是孩子至上，爸爸成了孩子的玩伴。就像父親寫作時的筆名「喜樂」，父親是一位「最懂得怎樣讓自己喜樂的人」（這是母親大人說的）。孩子升學、考試，父親從來沒有操過心。每逢我們孩子念書麻煩的問題，父親經常講的一句話就是：「隨他們大自然」；生活上若遇見困難，他就說：「不行，腦筋停擺了！」當然，這也是父親另一個角度的寫照。不過，我自己總感覺從父母雙親傳承而得的，是他們那個時代「憂患重重」的民族情懷，我特別引以為傲為榮。

過去一年多在《青年日報》副刊撰寫「靜夜鐘聲」專欄，每週一篇所寫的主題大抵除了農業、教育、文學、宗教信仰、書評等等之外，還有就是國家民族正氣的「憂患意識」。

說到「憂患意識」，我從不諱言雖然身處於歌舞昇平的時地，自己仍然有濃厚的憂患意識，因為我感覺在富裕的表象下，近年來臺灣社會潛藏著茫然的失落與空虛，失去的是人倫禮數、傳統價值、社會公義，以及民族情感。

「文章千古事，得失寸心知」，現在我將「靜夜鐘聲」及近年來寫的其他散文，合編一書《寒冬聽天方夜譚》出版，權當爸爸八十歲紀念。如果我對自己寫的短文還有幾許敝帚自珍之感，那不是說自以為文藻有多麼華麗，理念有多麼正確，而是冀望後人讀到這本小書時，設若書中所說的一切對後世讀者有如天方夜譚一般不易體會，讀者會說：這個保真啊，對於他所處的時代，真是有著「憂患重重」的情感。

是以這樣的喜悅心情，將這本書獻給親愛的爸爸。

寒冬聽天方夜譚目次

輯二

輯三

輯四

輯一

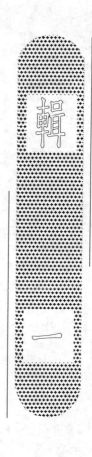

保真論保真

愛好文學，喜歡寫作，讀書是我的嗜好。這三者，構成了我全部的生活。

我喜歡讀書要追溯自高中時期，那時候漸漸體會知識真是一個寶庫，立志進了大學後要好好看一些書。大學聯考放榜，我榜上有名，媽媽給我一百塊錢獎賞。於是我去了一趟臺北重慶南路，買了一本《史記》把錢花光了，那時候的一百塊可不是一個小數目。買了《史記》，看到〈項羽本紀〉，令我對於項羽一生的傳奇色彩既驚奇又感慨，一夕之間對於楚漢相爭的印象完全翻案。直到今天，我仍然對項羽的評價高過劉邦。

進了大學之後，開始嘗試寫作投稿，手邊的課外書不斷。已逝的前輩作家趙滋蕃先生，告訴我要讀經過時間篩選的名著。於是我認真的一家一家一本一本地把世界文學名著找來看。每看完一些令人感動的巨著就有無限的喜悅，不是說對自己寫作有助益，而是感到一股力量重新注入了自己的生命，促使我認真思索一些人生的重大問題。

求學時期常有莫名的苦悶，好像有很多困惑得不到解答。從大學四年級開始認真自習英語，因為隱隱然感覺英語也許是幫自己找到人生諸多知識的橋樑。當時每隔幾週就去買一本《美國新聞週刊》，結果常是整頁寫滿密密麻麻的中文注釋，仍然不懂講些什麼。後來我出國留學，有機會大量接觸英文書報雜誌，得到不少啟發及答案。愛好讀書的心態，也許只能說是對浩瀚知識的渴求吧。

雖然愛讀書，但亦有自知之明，自己讀的書並不算多。因此，我特別欽佩那些學富五車之士。有人從政經商，但亦讀書，言談間流露出學問的淵博與對知識的敬重，我認為這就是社會的人文情懷。只是這樣的品味與格調，在臺灣社會日益稀少淡薄了。今日社會的時尚日漸趨向服裝飾物、飲食宴樂、名車名酒名畫，離書香社會日遠。

寫作對我而言，過程比結果更重要。寫作的過程，促使我整理、釐清自己零亂分散的思緒和印象；這個過程，滿足了內心潛藏的空虛感。我所寫的，當然是自己在道德、情感與知識上認為「正確」的觀點。然而，這僅是保真的個人觀點，也許讀者不盡同意我的看法，但我是以認真的態度寫作，盼望讀者能感受保真寫作時的誠摯熱情。

目前我在大學任教，也一直期許自己以同樣認真的態度面對我的學生，就是把我對於某一學科知識領域所了解的儘量傳遞給學生。我希望他們不僅是學得一些技術、數據、資料，更同時能感受到我對這門知識的熱忱與欣喜。其實，認真地講，一個年輕人進大學受教育，不是只為了學得謀生之技，更是為了成為一個所謂受過高等教育的人，亦即是一個尊重知識、愛好讀書的知識分子。或許有人會說這是高調，然而在一個功利掛帥的社會中，難道不應當鼓勵這樣的高調嗎？我就是以這樣的情懷持續寫作，無悔無怨，並且我心深處常有泰戈爾一般的吶喊：「你是誰啊？讀者，一百年後讀我詩篇的人。」

蜀道通時只有龍

凡是涉及企業、政府等等組織的問題，常聽人說要重視「團隊精神」，亦即同事能和諧共處，才能發揮集體力量。反之，一個團體若是內部成員明爭暗鬥，就削弱了力量。

問題是所謂團隊的集體力量並不是單純的「一加一等於二」，並非人多勢眾的一方會贏，還有一個重要的因素是領導者。一個團隊有了正確的領導者領航，才能達到事半功倍的效果。軍隊平時訓練、戰時作戰，都是這個原則。主官的判斷、企圖心，可以左右戰局。讀戰史，古今中外多少戰役的勝敗，往往並非取決於雙方兵員多寡和武器優劣，而是將領個人領導統御藝術的高下。

然而，團隊中的人才如何能各得其所，水乳交融地發揮力量，恐怕是更深的學問。我們常說「人事」，其實管理「人」的學問要比管理「事」難得多。常見的結果是「一山難容二虎」，也就是說有突出能力的領導者很難共事。

《三國演義》中第六十二回記載劉備的陣營要入四川，當時領導入川遠征軍的是副軍師龐統，號「鳳雛先生」。龐統與孔明（「臥龍先生」）齊名，司馬徽曾對劉備說臥龍、鳳雛二人得一即可安天下，這兩人同歸劉備營下，表面看來是一片中興氣象。

先是孔明呈書劉備，謂當年天象流年都是「主將帥身上多兇少吉，切宜謹慎」；又在龐統領軍入川之初，再以信函告戒他要小心。龐統卻解釋為孔明怕他入川勝利而立了大功，所以嗤之以鼻。結果龐統在途中被川將張任的伏兵亂箭射死在「落鳳坡」。自古大將忌諱不利於己的地名，《三國演義》寫龐統率兵抵達「落鳳坡」時，問當地人得知地名後大驚，「吾道號鳳雛，此處名落鳳坡，不利於吾」，可惜悔之已晚。

《三國演義》寫的故事當然有幾分傳奇色彩，與正史未必一致。例如書中又說龐統死前，東南流行一首童謠：「一鳳并一龍，相將到蜀中，纔到半路裡，鳳死落坡東。風送雨，雨送風，隆漢興時蜀道通，蜀道通時只有龍。」

如果真的事先已有這首童謠，很明顯的就是預言龐統將死於落鳳坡，只有臥龍才能入川。這未免太玄了吧！可是換個角度看，這首童謠即使是事後附會之作，卻是說明了臥龍、鳳雛二人，難以共容於一個陣營之中。證之龐統閱讀孔明信函後的態度，兩人之間恐怕的確不是那麼和諧互信。然而《三國演義》書中的講法，最初是孔明推薦龐統給劉備的，並當面對劉備說：「士元（即龐統）非百里之才，胸中所學勝亮十倍」。看來是龐統小心眼，執意不聽孔明忠告。「蜀道通時只有龍」何嘗不能視之為一種無奈的悲劇，是人性的必然結果。

媒體經常報導政治人物之間的頃軋紛爭，旁觀者常以「愛之深，責之切」的焦急心情怪罪為內鬥，又紛紛曉以「團結就是力量」的春秋大義。旁觀這種新聞事件時，我總是聯想到「蜀道通時只有龍」，這也許是政治圈的鐵律。講什麼「團結就是力量」、「一把筷子比一根筷子不容易折斷」，都是小學生就聽過不知多少遍的老教訓了，政治人物還會不懂嗎？可是有幾個人能避免重蹈歷史覆轍？幼時初學騎腳踏車，最怕前面有樹或是電線杆，因為心中一邊嘀咕「千萬別撞上」，總是不偏不倚的撞個正著，彷彿有身不由主的吸引力。成年後偶而想到所謂命運，我就會回憶起童年騎腳踏車撞樹的經驗。明知前面有危險卻躲不掉，也許這就是命運，且是悲劇的命運。我對人生悲劇作如是觀，龐統死於落鳳坡正是這樣的悲劇。

如果劉備早明白「蜀道通時只有龍」的哲理，當他擁有臥龍鳳雛二人之初也許就不會那麼得意地說：「今吾二人皆得，漢室可興矣」，反而會以戒慎恐懼之心慎重對待孔明龐統二人。然而漢室終於未能復興，兵敗落鳳坡豈是鳳雛先生一人的失算悲劇而已？

寒冬聽天方夜譚

農曆歲末，幾波寒流相繼侵襲臺灣。這個「年」，我是在穿棉襖呵手叫冷中度過的。年假期間，有一天早上只有老爸與我在家，爺兒倆坐在客廳閒話家常，茶几上兩杯熱乎乎的香片茶。窗外扶疏樹影間是朝陽的微弱光芒，溫度計指著攝氏十三度。爸爸已經八十歲了，回憶起五十多年以前的往事：當時正值對日抗戰，爸爸是空軍保送赴美學習製造飛機的年輕軍官之一。在美國，爸爸買過一些RCA的「紅標」唱片，還記得其中有一張是「天方夜譚」(Scheherazade)。

我一躍而起，找出一張我的CD，放進唱盤，不一會兒，小小的客廳中洋溢莊嚴、柔和、緩慢的樂聲。爸爸正低頭看著報紙，我問爸爸可知道這是什麼曲子？爸爸頭也沒抬，微點頭，說：「天方夜譚」。

我們的客廳很小，牆上零落的字畫、海報和照片，櫥櫃中的書和各式小玩意，全是捨不得丟棄的旅途紀念品，使得原本狹小的空間更顯擁擠熱鬧。父母親每回來此，就要批評一番。此刻，「天方夜譚」的第一樂章迴盪在狹小的客廳中：第一樂章名為「辛巴達之船」，辛巴達七航妖島是膾炙人口的魔幻故事、電影。我和爸爸彷彿也登上辛巴達之船，離開了小客廳，航向記憶之海。

爸爸頭一次聽「天方夜譚」是在美國留學時，我則是唸小學的時候。當時大哥已經是高中生了，是臺南一中樂隊的隊長，他常在房中邊溫書邊聽唱片，就是那種三十三轉的老唱片。大哥偏好古典音樂和交響樂，有許多「進行曲」的唱片，我仍然記得大部分是「亞洲」與「松竹」唱片公司出的。

我就是在那段日子初次聽見「天方夜譚」的瑰麗樂章，如果說《天方夜譚》是一本充滿浪漫、神秘色彩的小說，那麼高沙可夫寫的交響組曲「天方夜譚」也是具有魔力的樂章，聆聽者很容易陶醉其中，陷入幻想而不自覺。事實上，高沙可夫自豪地認為「天方夜譚」組曲的四首樂章，足以引導聽眾進入書中傳奇故事的境界。

天方夜譚故事的起源是一位「蘇丹」國王，由於發現妃子瞞著他與人私通，於是在憤怒之餘，下令每天晚上要與一位女郎結婚，第二天清晨就要處死她，當晚再娶一位新娘。蘇丹的命令使得全國婦女籠罩在恐怖中。這時，宰相的女兒珊魯得毅然自願成為蘇丹的新娘。她向蘇丹要求帶自己的妹妹進宮，並為妹妹講「最後一個故事」。珊魯得講故事，巧妙地在凌晨雞叫時講到最精彩的地方。蘇丹也聽得入神，便寬容珊魯得一天，等她晚上接著講完故事再處死。可是珊魯得的故事一個接一個，把阿拉伯諸多傳說故事、民謠、詩歌串連在一起，一共講了一千零一夜，蘇丹也不知不覺愛上了珊魯得，終於冊封她為王后，這就是《天方夜譚》原書的故事架構。辛巴達七航妖島即是書中的一段故事。

一首「天方夜譚」聯貫了爸爸、大哥和我的生命，我們各在不同的年齡，不同的時空背景下聆聽這首交響曲，際遇不同、感受不同、領悟不同，辛酸苦辣、悲喜歡憂各有不同，這裡頭豈止一千零一夜。從三十三轉的老唱片老唱機，到數位錄音的CD唱盤，仍然是一首「天方夜譚」，仍舊是一本《天方夜譚》。珊魯得的「平面」故事給了高沙可夫靈感，高沙可夫再給與這些故事「立體」的音響生命：書本《天方夜譚》與樂曲「天方夜譚」，帶給幾世代的讀者與聽眾心靈莫大的享受。在這寒冷的冬夜，萬物蕭條孤寂，正是珊魯得輕聲細語講故事的時辰。讀者，您聽過Scheherazade嗎？辛巴達的巨船揚帆起錨了，上船吧！讓我們開始七海十三河的神奇之旅。

綺麗黃金葛

百貨公司和一般商店的櫥窗、櫃檯上，最常見的盆景植物，恐怕就是黃金葛了。我和幸澄逛百貨公司，幸澄常常彎腰觀察玻璃櫥窗後的黃金葛長得好不好，往往因此害得服務小姐空歡喜一場，因為幸澄總是問她們怎麼照顧這些小植物。有時候，脾氣好的小姐會耐心回答。這時，賣鐘錶、金飾的小姐竟成了園藝專家！

黃金葛也是辦公室、公共場所、一般家庭的常見植物，花店中更是少不了它。黃金葛這麼受歡迎，原因很簡單：它容易養，外形也很乾淨清爽，看起來挺討喜的。

說黃金葛好養是一點不假，只要掐一段帶芽帶根的枝葉，浸在水瓶中，一個禮拜就萌芽發根。這時要移殖到土裡或是繼續養在水中都可以，也有人直接插在土裡讓它發根。一般說來，種在土裡的黃金葛長得比較好些。

怎麼才算「長得比較好」呢？首先是葉片的色澤鮮亮，不能有腐爛、缺裂。其次，要看它是否一直萌芽生長，還是病懨懨的。說到這裡，這可是種一株黃金葛最有趣的地方：有的黃金葛生機盎然，梗條連連竄生，可能長出一枝好幾呎長的枝葉。我曾在一間公家辦公室看見一株黃金葛，它的翠綠枝葉沿著天花板屋樑爬，繞室巡行一週，眼見就要回到起點。它的「起點」不過是一個不起眼的陶土花盆，墊著水盤，立在一方墨綠色的舊檔案櫃上頭。我對那間辦公室主管戲稱，負責照顧這盆黃金葛的職員，考績應該得甲等！主管回答沒有專人特別照顧，大家都把喝剩的冷茶倒進花盆。

黃金葛喝茶嗎？這裡頭學問大著呢！我們有一回經過一間高麗參「專賣店」，玻璃櫥窗後除了一罐罐、一包包各式各級的人參，還有好多小瓶的黃金葛，它們的葉片嫩綠、略呈淺黃色。雖然小卻虎虎有生氣，後來我才知道這個品種叫做「萊姆黃金葛」。當時我們買了兩杯現沖的人參液喝，幸澄又忍不住問店員小姐怎麼養這些小黃金葛的，我開玩笑地說難不成是餵它們喝人參液嗎？沒想到店員小姐一本正經地說的確就是。客人杯中喝剩的，她等涼了就倒在種黃金葛的水瓶裡。讀者可記清楚了，想黃金葛長得好就讓它喝人參。

黃金葛的葉片有大有小，有人說是品種差異使然。不過黃金葛如果攀附著東西往上長，越往高處的葉片越大。我見過許多吸著在大王椰子樹樹幹上的黃金葛，高處的葉片比人臉大得多！可是一旦它高處的枝條失去了依附物而下垂，垂下之後再生的葉片就小了。

許多人養黃金葛是種在一個大花盆裡，盆中間豎著蛇木柱子，繞滿了黃金葛的大葉片。若是以摻了蛋清的水噴灑葉片，葉子就會油亮亮的，煞是可喜。這種大型盆景常見於公司行號辦公室，有一回我在學校行政人員辦公室看見一排這種蛇木黃金葛，盆盆葉片飽滿碩大。我起了妄念，竟想搬一盆回我的辦公室，詢之那裡的兩位小姐，她們說那些盆景擺在這裡有「風水」的意義，主管說動不得。我為之哈哈大笑，暗忖若是冒失搬走一盆，搞不好壞了人家的風水，罪過大也！

黃金葛有許多園藝上的不同品種，除了一般的黃金葛、萊姆黃金葛，還有白金葛等多種，葉片顏色、圖案不同，各有風姿，都是蔓生的觀葉植物。它們的葉片有的是整片一色，有的綠白或綠黃間雜，形成斑斕的圖案。如果把一盆雜色葉的黃金葛搬到室外接受充足陽光，葉片上白色、黃色的淡色範圍就會擴大。反之，若養在室內，光線不多，綠色部分的色澤就會逐漸加深，這是為了行「光合作用」的緣故。黃金葛在植物分類學上，多屬於「天南星」科，枝葉揉碎後的汁液有毒性，千萬不能效法神農嘗百草。

15・葛金黃麗綺

我們家裡有好幾盆各種黃金葛，每隔一陣子，見哪一盆長得長了，就剪下一段，於是又繁殖了一盆，生生不息。種一盆黃金葛，看它的枝葉四處竄生，誰說不是浮生一樂？

不畏浮雲遮望眼

「晚風拂柳笛聲殘，夕陽山外山」是弘一大師李叔同的名作「送別」歌曲中的一句。又到驪歌季節，「送別」這首曲子常常在我心頭浮現。畢業生在歡送會上接到一束又一束的鮮花與精緻包裝的禮品，接著是發表畢業感言，謝謝師長同學的關愛與友誼。身為一位老師，我總是在「送舊」、「迎新」的日子裡有所感觸，尤其是在畢業生離校前，我特別會想到他們的人生前景，也再度反省自己的教育責任。

首先，人生是現實與冷酷的，許多事由不得自己的意志掌握。在學校相處的日子無論有多長，友誼有多深，畢業就是結束的句號。再想同聚一堂是難乎其難。在校時連畢業旅行都無法全員到齊，何況是十年、二十年以後的同學會？然而，畢業時刻的惶恐與興奮沖淡了離情應有的傷感。我很少看見畢業生動情落淚的鏡頭。

其次，我旁聽送舊晚會的「祝福」與「送別」詞，其中不乏幽默的雙關語，例如「早生貴子」、「心想事成」、「發大財」等等，除此之外似乎難以想出還有什麼期許。如果說畢業意味一個學習階段的圓滿結束，在這個關口上的年輕人為何沒有一點豪情壯志？我仍然記得，「十年磨一劍，霜刃未嘗試，今日把示君，誰有不平事？」是我大學畢業時書贈友人的「狂言」，然而在今天的學生身上已少見這種狂狷之氣。也許這就是看日本漫畫長大的「新新人類」？

這個時代的畢業生比較冷靜、比較務實，他們想到考研究所、考高普考試、出國、謀職、當兵。青年節過後，一位在大學中任職的朋友問我該如何勸勉這一代青年人？他說當今風雲人物有的是靠拉攏派系起家，有的是靠父祖庇蔭致富，這如何能讓青年人信服勤儉誠實等美德是人生成功的要件？我聽了只有沈思，不知還能講什麼。在這樣的心情下聆聽「送別」，「晚風拂柳笛聲殘，夕陽山外山」令人備覺傷感、備覺無奈。

除了對個人自我有限前途的關切外，這一代畢業生更是欠缺關懷大我的遠大胸襟。中山先生的淑世理想，已變成高普考試的考古題；換上戎裝衛國保民，等同於數饅頭等退伍；考研究所，不過是換取高職等的臺階；出國則是為移民與綠卡。

過去幾年來，我們在臺灣先後經歷解除「戒嚴」與廢止「戡亂時期臨時條款」，帶給社會較多的自由空間。然而，也就是在過去這幾年裡，我們的青年人目睹國家社會亂象頻仍、政商失序。常有人安慰我們這只是過渡期的現象，但可有人能舉出一個國家曾經像臺灣如此失序而終能「過渡」到安定局面的實例？其實，「失序」只是表面病徵，「失去目標」才是深層的病根。千島湖二十四位罹難者固然令人同情，但喪禮由國家副元首主祭，不可不謂備極哀榮吧？回想為國捐軀殉難的前黑貓中隊骨殖歷經艱難返抵臺灣時，去機場迎接英魂的不過是一位上校。請問我們該如何向青年人解說死有重如泰山輕如鴻毛的分別？在這迷惑的年代裡，青年人如何能將個人的生涯規劃與國家前途命運相結合？

因此，我不忍苛責今天的畢業生。我只願提醒他們時時想著「不畏浮雲遮望眼，只緣身在最高層」；今天的亂局亂象並非歷史過渡的必然，實在只是青天白日下偶然的一抹浮雲，是浩瀚東流江水中的一股逆流，轉瞬間就要失去蹤影。我要祝福畢業生，狂者進取，狷者有所不為。在這偉大的時代裡，做一位有所為有所不為的時代青年，為這個國家、這個民族創造不朽的事功。

梅雨季二三事

最近臺灣進入梅雨季節，連著幾天，陰雨連綿不停，從傍晚下到次日黎明再下到晚上。以往若遇梅雨季節，民眾心中嘖嘖煩悶，抱怨老天為什麼下雨下個不停；今年，或許由於去歲乾旱之苦記憶猶新，反而覺得氣象局的豪雨特報可愛。

我注意到最大的改變就是住處附近路邊一棵棵麵包樹。這麵包樹的葉子好大，墨綠色。由於久不下雨，平常葉面上布滿了一層厚厚的塵土，全是來自山坡臺地的紅土。偶爾下陣小雨，葉上積土依舊，根本無濟於事。有時來一陣驟雨，聲勢奪人。可是雨過天青，麵包樹葉面上還是紅土色。非得像這陣子的梅雨，淅瀝淅瀝下個一晝一夜，雨水始能穿越層層錯疊的大葉子，把上頭的積土洗刷得乾乾淨淨。在一個雨後初晴的黎明，我細細觀望麵包樹，發現它的葉子在晨光中閃亮油綠，美極了。麵包樹若有情，也會歡喜吧！

一個梅雨天的黃昏，我和幸澄上街。剛剛下得車來，碩大的雨滴就從天而降。我們倉皇跑進騎樓避雨，只見深藍色的夜空裡交織著蒼白的閃電。這時突然飛出一群白蟻，它們張著咖啡色的雙翅在路燈及騎樓下追逐飛舞。雨勢漸大，圍繞著路燈的有數十隻白蟻，牠們仍在大雨中盤旋，似乎全然不懼。然而騎樓地面已布滿蟻屍與零散掉落的翅膀，路面匯流的一條條「小河」也淌滿了白蟻。這大概是白蟻交配的季節，附近可有老舊的木頭房子是白蟻窩嗎？

又有一天，也是大雨過後，回家路上，看見柏油路兩側成了「黃河」，翻滾的紅黃色泥漿濁流順著地勢奔騰而下，來往的各種車輛與行人都放慢了速度。我們也小心翼翼地逆「流」而上，沒多久便發現了黃禍來源。原來這裡新拓寬一條馬路，新馬路兩側有排水陰溝，可是路只修了一段，陰溝也只隨路而開，到了終點無處可走，便從地面鐵柵孔隙洶湧竄出，有如一股噴泉，然後變成了路面的黃河。這些泥漿來自遠方山坡上的建築工地，不知有多少紅土在這場雨裡流失？

電視上看見大陸南方有洪水為患，珠江三角洲盡在浩瀚無邊的大水中，許多人搶著以泥沙袋鞏固堤防。伴隨著畫面的是災情數字，多少人無家可歸，多少民房倒塌沖毀，多少生命成為波臣。

每次得知世界各地的水災消息，我總是聯想起賽門與嘎方各兩人的西洋歌（「橫度惡水的大橋」），這首歌的歌詞說：「當淚水在你的眼中，我要把它擦乾，就像一座橫度惡水的大橋，我願倒下做一座橋。」猶記前年大陸華南水災，賽門與嘎方各赴大陸義演賑災，其中一首演唱的歌曲就是「橫度惡水的大橋」，情景何其貼切。

天氣或許會影響一個人的心情、情緒。可能多數人喜歡艷陽晴天，我卻偏好陰雨天。很奇怪，陰雨連綿的日子，反倒令我心情平靜喜悅。平常大太陽高高照，柏油路都融化了，人也曬得頭昏腦脹，汗流浹背，我的心情也隨之煩躁焦灼。更惱人的是暑天有的機關場所把冷氣開得強冷，進進出出稍不留神就換來感冒。

最嚮往碰上一個無事的假日午後，突如其來的下起嘩啦啦的大雨。雨滴可能從敞開著的窗戶掃進屋裡，我最喜歡駐足窗前，凝神眺望窗外花草樹木雨中搖曳。然後，我會找一本尚未讀完的書，給自己倒一杯熱茶，輕鬆地享受一個寧靜的下午。這時室內暗下來了，我起而開燈，同時打開音響，放一片好聽的CD，讓斗室內的音樂與窗外的雨聲合奏。對了，梅雨天裡，我選的CD正是「橫度惡水的大橋」。此時此刻是悠閒是懶散？是逃避或休息？在雨聲淅瀝中都已分不清楚了，只可惜梅雨季節來去匆匆，這樣的時光不多有。

——八十三年七月一日

方寸之間談集郵

最近有一則關於「集郵」的新聞，說目前臺灣地區的郵票投資熱已經過去，百分之七十的「投資客」已從集郵市場撤資。郵票作為一種理財的投資工具，不再可能像幾年前一樣暴漲暴落。若想買新郵票存積起來等待升值，恐怕會失望了。

郵票本來只是寄信的郵資證明工具，後來各國政府利用這張小小的紙片作為文化、藝術、政治的宣傳媒介，越印越精美，而美的東西總是有人喜歡收藏。接著郵局又發展出許多郵票的週邊產品：首日封、紀念戳、大小全張……不一而足。再加上每次新郵票的印製數量不一定，稀少的自然引起搶購、囤積。大抵上一張郵票的身價是看年代遠近、發行的數量、歷史意義等幾個因素決定。我印象最深的是當年首次發行聯張印刷的「清明上河圖」郵票，郵局內外擠滿了搶購的人潮。如今這套清明上河圖郵票，市價早已不知是其面值的多少倍了。

有一部六〇年代的西片「謎中謎」，講的是一個大盜意圖獨吞一筆不義之財，同夥害死他之後，遍尋不著那筆財富。原來此君生前到集郵市場把鉅款換購三枚價值連城的珍郵，然後貼在寄給他太太的信封上。小時候看這部電影，第一次理解郵票也可能那麼值錢！

我國郵局對於民眾的集郵熱，有三句標語：「怡情、益智、儲蓄。」最後一項「儲蓄」就是把郵票作為投資工具的意思。不過我常覺得集郵有點喧賓奪主，例如國內平信的五元郵票竟有許多是橫式的長方形！我買到這種郵票總是為難；直式的中文信封要怎麼貼法？諷刺的是郵局標準信封上明明寫著「郵票正貼」。這難免令人懷疑，郵局發行郵票是否只是為集郵人士的蒐藏或投資？再者，不知道有沒有人做過統計，一張新郵票發行後究竟真正有多少貼在郵件信封上？新郵票的使用率大不大？還是大部分被買去收藏了？

集郵可以怡情倒是真的。偶然掀閱少年時的集郵冊，仍然情不自禁為花花綠綠的郵票讚嘆。忘記是誰說的了，「只有在我的集郵冊中，世界各國才能和平相處。」集郵的確可以讓人神遊世界，因為郵票多少反映了各國各族的歷史文化與風土人情。以前我的集郵冊都是按國別分類，曾蒐集過好多張郵票，國名都是HELVETIA，當時不知是哪一個國家。後來才知道原來這就是瑞士的古名。這也算是集郵的「益智」功能吧！我初次知道世間有「清明上河圖」

這麼一卷長畫，還得歸功於那聯郵票的介紹。

近年來有些第三世界國家發行郵票純粹是為生意經，米老鼠、白雪公主等卡通人物是郵票主題；張張印刷精美，可能都是瑞士印刷廠代為印製的。現在的孩子集郵，很多是花錢買這種卡通郵票，固然可以怡情，或許也有投資效益，卻談不上從郵票中認識其他國家的歷史文化。

有人集郵是採專題的方式，例如專門收集花卉、動物、建築郵票……這又是另一種趣味，因為郵票的花樣太多，每一種主題都可能蘊藏無窮意境。我見過某位友人的集郵冊，他的郵票仍然依國別分類，但在每一國家只蒐集人物郵票，並且不按郵票發行年代排列，而是按郵票主角的歷史年代排列。他的集郵冊是活生生的歷史課本。另一位友人對火車非常著迷，舉凡與火車有關的任何東西都是收藏對象，每赴外國旅遊必要坐一段當地的火車，除了拍照存證之外，火車票一定要保存。他的收藏品中，模型小火車當然少不了，蒐集的郵票自然全是有關火車與鐵路的。

自己也曾一度著迷過集郵，後來年歲漸大，隨著旅途遷移，也就無心繼續集郵。我不說集郵是「玩物喪志」，但的確是心頭的一個擔子，需要勻出心思去經營。大概所有涉及收藏的事物都有相同的問題，既要有錢還要有閒情才能玩得起來。集郵如此，古董字畫奇石花草莫不如是。國畫大師張大千生前自己作畫之餘也蒐集歷代字畫，他的「大風堂」收藏中多半是難得一見的極品真蹟。據大師自述，每當遇見一幅好字畫，往往不惜傾囊相購，對藝術的痴情是如此之深。

人到中年，每日忙碌奔波，除了專業郵友與投資客之外，大概很少人能有恆持續集郵。一般多是少年、青年時期狂熱投入集郵；中年暫停，老年時把玩回味，然後送給兒孫輩，循環不已。郵票不但記錄國族歷史風物，集郵冊也是人生分水嶺的界標。

那年聖誕在茵雅家

茵雅是我在瑞典唸書時的一位女老師，雖然她不是我的指導教授，但卻頗關注我的學業和生活。茵雅沒有小孩，她和先生卡爾亨瑞克對待我就像他們的孩子一樣，我稱她為我的瑞典媽媽。有一年聖誕夜，我應邀去茵雅家過節。

聖誕節對西方社會就像中國的農曆年，是一個有文化傳統的節日，和耶穌降生倒不一定那麼有關。茵雅遠在節前幾週就開始忙碌了，首先，要去一間「傳統市場」買豬肉。古代的瑞典是農業社會，聖誕節的餐桌上少不了一道主菜，是一隻口裡含著蘋果的豬頭。現在不擺一隻豬頭，但是仍然少不了豬肉。為什麼茵雅特地去「傳統市場」買肉呢？因為一般超級市場賣的一盒一盒分級、標價、包裝好的豬肉，是來自現代化畜牧場吃飼料長大的豬；這間傳統市場賣的，「據說」是一般農民野放在田間吃野草長大的豬，然後「據說」這樣的豬肉嚼起來特別有口感！因此，年節前這間傳統市場的肉攤總是大排長龍，還需交情才能預定。不用說，這裡的價格也比外面超市來得貴。所以我的指導教授猶斯塔常會酸溜溜地說他買不起茵雅買的豬肉。這當然只是個玩笑話！

當天下午我到了茵雅家，瑞典地處北歐，緯度高，十二月裡我住的城在下午三點就天黑了。茵雅家裡布置得滿是節慶氣氛，門上是一個花環，屋裡插了幾束花；客廳裡四處點著裝在圓形小鋁盒裡的蠟燭，音響不斷地重複播放聖誕歌聲。

茵雅和卡爾亨瑞克熱情的歡迎我，又噓寒問暖講一些「應酬」話，諸如冷不冷，路上來時等車方便嗎？他們夫婦可愛之處就在這裡，雖然很熟了，還是不失禮，該做該說的一點也沒忽略。我也同樣應答問候一番，然後到客廳入座。

卡爾亨瑞克舒舒服服地坐在沙發裡與我閒聊，他剛剛因公赴亞洲旅行回來，在香港買了一個鐳射唱盤機，這會兒忙著放幾張CD片給我聽，我對這新玩意兒自是很好奇，所以兩人有得聊。

茵雅在廚房裡忙著準備聖誕晚餐。茵雅是典型的現代職業婦女，每天自是不可能做一堆家事，所以平常的烹飪料理都很簡單。如果說我在瑞典期間曾經是去過茵雅家用餐十次，記憶裡恐怕有六、七次是吃一條魚，把魚放在玻璃烤盆中，表面糊了乳酪和配料，烤好了香噴噴的很好吃，也很方便準備。茵雅家的庭園很大，面向街道的花壇裡種滿了花，後院裏有一方菜圃。夏天來作客時，茵雅就叫我用餐前去菜圃摘幾個豌豆夾和小番茄，順便拔幾棵蔥，洗洗切切就成了餐桌上的沙拉冷盆。現在是冬天，沙拉冷盆的蔬果材料當然是市面買的。

茵雅在廚房高聲說快要好了，卡爾亨瑞克起身從冰箱裡拿出麵包，用長刀切片，然後放進微波爐以低溫加熱一會兒。卡爾亨瑞克可講究呢，麵包不溫熱就覺得不對勁。

這時茵雅開始穿梭來往於廚房和餐廳之間，聖誕大餐的佳餚一道一道端上桌，有浸在湯汁裡的小丸子，切成薄片的義大利沙拉米香腸、燻豬肉、麵包、沙拉，還有馬鈴薯與白米飯。近年來，瑞典人已習慣用餐時有米飯，米是泰國來的。

我們三人邊吃邊談話，那種感覺就像一家人，非常溫馨。飯後的甜點是冰淇淋，茵雅突然想起忘記飯前把冰淇淋從冰箱先拿出來，現在可能仍然太硬。沒關係，這一幕我在茵雅家看多了，她把一盒冰淇淋放進微波爐，略一加熱，再取出時的軟硬程度恰恰好。

我們回到客廳，卡爾亨瑞克喝咖啡，茵雅和我飲茶，看電視的聖誕夜特別節目，當天晚上有個節目是唱老歌，請節目中的現場來賓猜歌名，我仍然記得有一首歌是「橫度惡水的大橋」，我猜對了！

接著就是要拆禮物了，三個人各有一包小禮物，皆大歡喜，特別是我們都非常懂得「故做驚喜狀」。禮物嘛，是人與人之間的一份情意，用不著吹毛求疵是否實用等等。唯有茵雅笑嘻嘻地講了誠實話，卡爾亨瑞克送她一本書，茵雅說最近幾年每逢聖誕節，卡爾亨瑞克送的禮物都是一本書。等到聖誕夜晚上要上床睡覺，卡爾亨瑞克就會說：「茵雅，妳那本書先借我讀，好嗎？」然後卡爾亨瑞克就把書接收了，原來他買的都是自己想讀的書，我聽了哈哈大笑。

這時音響傳來「噢，聖善夜，眾星照耀極光明，今夜良辰……」，這首聖詩對卡爾亨瑞克是聖誕節的象徵，要是沒聽到這首歌就不像過了聖誕節。感謝耶穌，讓卡爾亨瑞克聽到了想聽的歌。我起身注視窗外，依舊是白雪紛飛，真是一個白色聖誕。我問卡爾亨瑞克可曾聽過平克勞思貝的「白色聖誕」？他瞇起眼睛，唱出：「我正夢想一個白色聖誕，就像往日曾有過的……」我不自覺地與他合唱起來。

深夜了，茵雅領我到地下室的客房，來回好幾趟，問我覺不覺得冷？告訴我床腳一床毯子可以加蓋，那是某回南非黑人主教圖圖來瑞典訪問，不知怎的陰錯陽差而必須臨時在茵雅家過一夜，這床毯子是圖圖主教蓋過的。我聽了扮個鬼臉，說我可不喜歡圖圖主教。

次日清晨五點鐘，卡爾亨瑞克就把我從圖圖主教蓋過的毯子下叫醒，因為我們要去聖誕日清晨禮拜。瑞典的聖誕卡，常出現一幅圖畫，大雪紛飛中一輛馬車奔馳經過原野。這場景就是描繪早年民眾在聖誕日清晨，去教堂趕早場禮拜的情形。現在不太流行了，因為大部分家庭聖誕夜更睡得晚，我們三人去早場禮拜頗有復古的味道。

做完禮拜，兩夫婦開車送我回宿舍，他們倆回去收拾收拾，預備南下到茵雅父母親家裡去渡過聖誕新年的長期假。實在說，他們是為了我才在城裡多耽擱一天一夜的。這分人性中的溫暖情誼常令我感動良久、回味良久，它深深溫暖了一個異鄉人。其實這就是耶穌基督的福音，他曾說：「我在異鄉，你們接待我到你們家裡去。」也許，這就是為何今天我在臺灣，偶而會邀請大學中的韓國留學生外出聚餐，或是來我們家中玩。每當我如此做，在我心深處就想起卡爾亨瑞克、茵雅以及許許多多異鄉行旅中的友人，還有那位愛世人的耶穌。

閒談風水氣運

隨著年底選舉接近，競選的主角們固然緊張，有更多在一旁打邊鼓的人士心中也緊張，擔憂選後的職位分配與異動。不只是選舉，所有的公私機關每逢職位出缺，總會引起內部的騷動不安。職缺有限，濟濟多士，幾家歡樂幾家愁。這時，「氣」、「運」、「命」、「風水」之說於焉而生。這幾年下來，我們讀者在報章雜誌拜讀了不少政商顯要人士重視風水的軼聞傳說：某某人的祖墳位置是「龍穴」、某人新官上任後重新布置辦公室桌椅、某黨派領導人選前秘訪高人探詢選舉可能結果……至於選前赴廟裡斬雞頭發毒誓更已不是新聞。

其實一般升斗小民也挺重視這一套的，有位朋友輾轉請得一位高人至家中看風水。高人一語道破此君多年辛苦卻不發財的緣由，原來他家的前門直通廚房後門，錢財富貴都溜走了！友人遂在指點下買了一串風鈴，懸掛於走道中，意圖把錢財攔下。像這種東方式的建築哲學，一般歐美人士是不懂的。近幾年臺灣與香港人移民加拿大者日益增多，當地房地產商針對新移民購屋置產的潛在市場，紛紛請人講授東方風水哲學，以便應用在房地產仲介上。

這類現象姑妄言之，姑妄聽之，不能以一句「迷信」嗤之。不過換個角度看風水氣運的流行熱潮，多少反映了社會人心的不安。這種不安來自對於前途的不確定感及無力感，所以沒有把握選舉是否會勝選，寧可從摸骨師偷窺天機。這是何等的宿命論！

說起來我們的社會也不是全然的宿命論，因為我們相信命運是可以改造的，所謂改運是也。因此，有人手腕套珠鐲，有人紋眉，有人敦請名師雕刻開運圖章，小者如前述的掛風鈴。然而這種企圖藉外力改運的想法，反映我們社會集體人文精神的失落。什麼是人文精神？其實就是「盡人事聽天命」一句話。盡當盡的本分，其餘的委諸天命。所以選舉就以具體政見與誠信爭取選民認同，這就是「盡人事」，而不是去找摸骨師預測可以當選幾席！

明朝呂坤的《呻吟語》有一段講得好：「道有個當然有個自然，當然是屬人底，不問吉凶禍福，要向前幹去。自然是屬天底，任你躑躅咆哮，自勉強不來。」

呂坤的意思是說臨事只問義理上該不該做，不問自己的禍福影響，至於屬於「天機」層次的就別管它了。前者是「當然」，是人生應當做的事，後者是「自然」，就順其自然吧。其實呂坤的見解也不脫「盡人事聽天命」的意思。

呂坤進一步說：「世之迷者，專在自然上錯用功夫，是謂替天忙，徒勞無益。卻將當然底全不著想，是謂棄人道，成箇甚人！」仔細想想，此時此地「棄人道」的「世之迷者」何其多，尤其是政治人物佞佛參禪算命卜卦看風水者大有人在。政治人物言行影響社會風氣，能不在這個大是大非的問題上謹言慎行乎？更何況政治人物如果還是先問一己的升官發財，社稷生民的前途禍福反而次之，其格調就更低了。風水氣運流行現象可作如是觀。

——八十三年九月九日

走在星宿海的邊緣

宗教，是人類歷史上無法消弭的奇特文化，隨著時間演變與人類文明共成長。歷代因為宗教引起的衝突、災難、戰爭，不知凡幾；更有不少人或出於政治動機，或基於哲學先見，企圖消滅宗教，但是他們都失敗了。宗教領袖常有愚蠢脫軌行為，例如寺廟僧侶詐財騙色，教會傳道人預言世界末日卻未發生……等等。凡此種種事件難免打擊了宗教的可信度，奇妙的是宗教總能復甦，信徒並不會減少。因此，對於宗教信仰，不能單純的以迷信視之。

大部分的宗教裡有一個「超越的存在」——神——作為信徒膜拜崇奉的對象，例如耶穌、媽祖、佛祖、觀世音。可是如果信徒捫心自問，大多數的信仰並未直接觸及信仰的對象，而是必須透過許多「媒介」搭線，例如：宗教的專職傳道人、儀禮、寺廟、經書、飾物……等等。藉助這些有形的人事物，信徒方能感受信仰的實存性。

德國杜賓根大學的神學家康漢思，曾剴切直言：三個以耶穌為信仰對象的西方宗教，天主教重視教會權威、東正教重視傳統儀禮、基督教重視《聖經》的無誤，但這些態度都非信仰的正軌，因為信仰的對象應是耶穌，而非教會、傳統、《聖經》，它們都只是信仰的媒介。一旦信徒不察「信仰媒介」與「信仰對象」之間的差異，則容易導致媒介物喧賓奪主，本末倒置，反成為信徒敬拜的對象！

凡是對宗教信仰認真的人士，不妨仔細想一想：在自己的信仰裡，「媒介物」占的比重有多少？自己的信仰是否必須依賴媒介物的支撐聯繫？如果那天發現這些媒介物有重大缺失，讓人感到失望上當，自己的信仰是否依然存在？

信仰過分寄託於媒介物，有潛在的危機，其一就是這些媒介物都有本身的限制、缺陷，甚至錯誤。宗教的專職傳道人亦是凡人，可能有自身性格的弱點和見識的偏差；教會，在歷史上曾經殘酷地壓迫哥白尼、伽利略等先知先覺的科學家；《聖經》，在翻譯、印刷過程可能出錯，版本之間更有或多或少的差異。再者，今天基督教沿用的《聖經》包括三十九卷《舊約》與二十七卷《新約》，原本就是出自初期教會領袖的集體編選，入選的經卷內容多少反映了教會的集體利益，例如《新約》選入了使徒保羅的大量書信著作，保羅相當支持教會的權威性。

已逝的美國科幻小說大師阿西莫夫的成名作《基地》系列小說中，其中一本是描述在「很久很久以後」的銀河文明星際世界中，有人突然想要一探銀河文明的起源地——地球，但是對當時的人而言，「地球」已經成為如神話一般遙遠朦朧的傳說。如果屆時仍然有人相信耶穌，那個信仰對於銀河文明的意義何在？如果人類生存活動的領域終能擴展到全部銀河系（甚至地球已被遺忘），走在星宿海的邊緣，人類當如何面對耶穌？如何面對「很久很久以前」起源於地球一角的這個信仰？

其實耶穌已作了答覆，《聖經》記載他在旅途中遇見一位異族的女子，那位女子對耶穌說你們猶太人的神是在耶路撒冷，但是我們族人的神住在這座山。她的意思是說請不要說服我從「這座山」的信仰轉為「耶路撒冷」的信仰。耶穌回答說敬拜神不是在這座山或耶路撒冷，而是要以「心靈和誠實」敬拜神。耶穌的回答顯示信仰的超越性，超越了一座山與耶路撒冷象徵的文化、種族、傳統等差異。所以在銀河文明的時代，人類仍然可以擁有以誠實的心靈敬拜的信仰，是超越時空的信仰。這應是所有「正信」宗教的真諦。

我極喜愛一節《聖經》詩篇：「我若展開清晨的翅膀，飛到海極居住，就是在那裡，你的左手必引導我，你的右手必扶持我。」面向雖然遙遠卻是即將來臨的銀河文明，海極之處豈不就是星宿海的邊緣？

——八十三年十一月二十五日

祈禱的意義

每一個宗教都有與所信仰的對象溝通的方式，有的與宗教的聖地有關，例如回教徒面向麥加的方向祈禱，猶太教徒總希望去耶路撒冷「哭牆」前哀禱。有的宗教祈禱時抬頭望天，有的低頭閉目，有的下跪，有的禪定打坐……有的宗教在祈禱時，信徒須複誦固定的禱詞，有的公開發聲，有的心內默唸，各種各樣的方式，洋洋大觀。

《聖經》中記載耶穌教導他的弟子，祈禱時要進入內室，關起門來，與在暗中的「天父」溝通。耶穌講的方式，意味這是人類心靈與宇宙主宰的個別溝通，純屬私事，用不著喧嚷給別人聽。《聖經》中又說，聖靈用「說不出的嘆息」為我們祈禱。這更意味也許我們並不知道該如何祈禱，在人生道上就常有神秘的關愛與祝福。祈禱的內容是什麼呢？我幼時祈禱，總是在心內排了一長列名單和事情，為爸爸、媽媽等親友祈禱，為自己的月考、聯考祈禱，希望「主耶穌保佑我考得好」，為某某伯伯開刀祈禱，希望「主耶穌保佑他早日康復」。偶爾，祈禱中忘了某人或某件事，會覺得慚愧不安。可是我內心也有隱憂：將來長大了，豈不是要代禱的人事名單更長，祈禱一次要好久時間啊！

後來我年歲稍長，再讀《聖經》中著名的〈主禱文〉，耶穌給了他的弟子們一篇祈禱範本，當中說「願你（神）的旨意成全」。原來祈禱不只侷限於個人身邊瑣事的祈福避禍，而是呼應宇宙的「絕對者」、「更高的存在」、「超越者」對於宇宙的計畫。「願你的旨意成全」表示謙虛的承認我們對於人生全局的了解和認知都極其有限，若是一切都按照「我的旨意」成全，恐怕要天下大亂！只試想這位宇宙的主宰，既要滿足農夫祈禱下雨的懇求，又要回答布店老闆要晴天好曬布的祈禱，實在是很困難的任務！以運動比賽為例，雙方球隊賽前都祈禱己方獲勝，到底該讓誰勝利呢？拿考試來說，每年有那麼多人進廟裡燒香許願，求神明保佑他們的孩子考上第一志願。哪有這麼多第一志願名額呢？若是每位臨終病人床前的祈禱都回應了，這世界上豈不幾乎人人不死？地球豈不人滿為患？

「願你的旨意成全」可能是祈禱的真正意義：冥冥中有一個秩序、有一個真理、有一個「是」與「非」，人類發自內心誠摯的祈禱，是寄望宇宙的秩序得以重建，真理得以彰顯，是非能夠辨別，是其所是，非其所非。這是祈禱的最大意義，因為人間的痛苦不僅是生老病死等自然過程，更在於我們看不見的秩序、真理、是非。在短暫的時空下，我們看見的是「好人不長命，壞人活百歲」，是饑荒、水患、旱災、瘟疫，人類在痛苦之餘，不由得說「老天瞎了眼」。這代表我們認為宇宙中應該有個懲惡揚善的黑白是非，「願你的旨意成全」是心靈的吶喊。

這不是把祈禱的功能虛無化，發自個人內心真誠的祈禱是有意義的，也是「有效」的。美國一位正統醫學院畢業的醫生拉瑞多賽，在他的一九九三年新書《醫治的言語：祈禱的力量與醫藥治療》中，詳述他如何從「白領科學」的觀點，逐漸轉而接受祈禱可能真有治病的功效。有趣的是他在書中表列對比傳統西方宗教與「現代」對於祈禱的看法，他認為「祈禱並不一定是完整的思想，不自覺的祈禱也是有可能的」。拉瑞多賽的書讓我想起《聖經》說的「聖靈用說不出的嘆息為我們祈禱」，那種不自覺的祈禱，可能就是我們下意識裡焦灼的渴望與無助的呼求，但是宇宙的「超越者」聽見了，以一聲無法言宣的嘆息回應。你聽，宇宙中充滿了溫柔的嘆息聲，是宇宙的天籟。原來我們在星宿海中並不是一艘孤獨飄零的太空船。

為愛祈福

一年三百六十五天我們都要祈禱，但在今年的聖誕夜，我特別要為臺灣祈禱：

主耶穌，選舉剛剛結束，請你平息因選戰而來的憤怒與仇恨。四百年來第一戰，這次選舉真是一場戰爭，所有的武器彈藥都用上了，人與人之間的不信任在選舉中到達巔峰，選完市長，任命副市長也會因而反目；選完議員，推選正、副議長也得吵架。原來所有選前的擁抱、合影、餐會、「同志」都是假象。其實我們之間的情誼非常薄弱，只一陣風便可吹破。主耶穌，請賜給我們人與人之間真正的信賴吧。

主耶穌，今天這個島上充滿了困惑，以術治國、金權政治、黑道橫行，我們要如何教導兒童是與非、對與錯？每天早上掀開報紙，在犯罪新聞中吃完早餐，不知道我該如何面對這一天的生活？主耶穌，請賜給我們信心和勇氣，敢在滔滔亂世中逆流而上。

主耶穌，GATT進關遙遙無期；亞太營運中心究竟是什麼，沒人說得清：台北捷運何時通車，更是無人知道。主耶穌，為何我們的前景如此暗淡無光？你曾說你就是光明，跟從你的就不在黑暗裡走。請把光明賜給我們，賜給在位掌權的領導人，因為我們已經摸黑走了好久好久。

主耶穌，你是和平之子，你是來世上消弭仇恨與恐懼的。我們這個小島已經籠罩在戰爭的陰影好一陣子了，據說一九九五年有閏八月，主耶穌，那是我們冥冥註定、在劫難逃的噩運嗎？請幫助我們，把和平賜給我們，因為你就是和平之子。

主耶穌，開我們的眼睛，讓我們看見這座島上有多少聲色犬馬。雛妓、娼寮、黑理容院，人欲橫流。中華文化、禮義廉恥，原來都是空話。主耶穌，請開我們的眼睛，讓我們看見自己的羞恥面貌；請原諒我們，不要像懲罰所多瑪與蛾摩拉一樣天火屠城。

主耶穌，你降生的日子，飯店酒樓有聖誕大餐，大學有舞會，白宮豎起冷杉聖誕樹，聖誕紅賣兩百塊一盆，郵差先生加班分送聖誕卡，中華民國行憲紀念日與你同一天慶祝。但是，考古學家言之鑿鑿你不可能是在十二月裡降生中東伯利恆，中華民國憲法也要三修四修。我只說：主耶穌，和平之子，請降生在我心中，請降生在臺灣，我們尚有一座馬槽為你預備。

問君能有幾多愁

兩位北一女中的學生相偕自殺於旅社中，這則新聞帶給我們社會不小的震憾。從表面看來，她們實在是典型的「好」學生；兩人都是資優班學生，成績優異；一是樂隊指揮，一為籃球校隊。她們的家長也很驚訝，據說兩人並沒有感情困擾，實在看不出有任何自殺的理由。並且，兩人相約自殺，合寫遺囑，實在更使人困惑，究竟是什麼強烈的動力能驅使兩個年輕人一同走上自絕之路？

我有一個也許有點荒謬的想法；如果兩人定意要結束生命，何不把這段心路歷程詳詳細細寫下來，告訴大家她們為什麼選擇自絕。她們的「自白」一定有助於其他同學、家長、老師更了解這一代年輕人的悲喜憂歡，因而防止未來繼起的悲劇。

遺憾的是她們並沒有清楚交代為何自殺，簡短的遺書中叮嚀的未了心願都是個人週遭的瑣碎小事：電腦磁碟片、CD片、書本、籃球……念念不忘的是「學妹」借去的書要記得還。生命都要結束了，還管CD片、書本、籃球這些身外之物嗎？由這點看，她們關切的世界仍然很小很狹窄，我不禁覺得兩個人畢竟還是不解世事的孩子。

話說回來，如果她們真的事前詳盡寫下自己的心境，也許就不會自殺了。每個人心裡都有一些壓抑的情緒，有時連自己也不敢面對這「真實」的自我。所謂「心理協談」的功用，不過就是藉著交談誘導，顯現那個隱藏的自我，幫助自己認識壓抑的情緒。所謂成熟的人格無非就是能夠理性的理清壓抑的情緒。與父母、師長、親友交談，都有「心理協談」的作用，重要的是交談的對象最好不是自己「圈子」裡的，對方才比較能從另一個角度分析「當局者迷」的問題。可是年輕人有心事時，往往首先向同輩好友訴說，大概是覺得同輩朋友比較可以了解自己的想法，父母、老師只會扳起臉來說教。然而同輩的「死黨」好友也許可交心長談，卻不見得能為自己指點迷津。原因很簡單，同輩友人走過的路與自己差不多，人生的閱歷和經驗與自己無甚差異，如何幫得上忙？

人在成長過程中最困難的地方，就是如何虛心從長輩、前人學習經驗之談。例如學生視學英文為苦事，不解何以堂堂華夏錦胄要學番邦異族的蚯蚓文。現在許多大學研究所招生考試都不再考英文、國文，有的學生以此為一大解放。其實英文是通往世界的一扇窗戶、一條橋樑。在校唸書時學好英文，將來畢業後才能遨遊四海，即使在家裡也可以藉著英文視聽資訊接觸世界。只是年輕的心靈不見得都聽得進長輩諄諄勸誨，非得等到將來「後悔不聽老人言」時才懊惱。學語文如此，人生的其他大事小事何嘗不然。

年輕人的另一個特徵，是把人生看得太嚴重，稍稍一個不如己意便過不去這個關口，例如年輕人不容易看破情關。一個十八、二十來歲的年輕人失戀了，自覺風雲變色、天地同悲，進而效法羅密歐與朱麗葉。其實對一個八十歲的人而言，回憶十八歲那年短暫的戀情，是既可愛又好笑的。十八歲的青年如果把眼界放遠點，當明白不值得在此時此地輕生殉情。

我的意思不是一味地否定死亡的意義，人生許多處境中，也許選擇死亡是一件莊嚴的抉擇。只是我更相信《從集中營到存在主義》一書作者法蘭克的見解，他描述在納粹集中營「奧森維茲」裡猶太囚犯的心境，面對隨時可能進入的煤氣室，他們每天活著有什麼意義呢？但是法蘭克說「不要問生活有什麼意義，應當問我們要賦與生活什麼意義？」年輕的朋友三思斯言。

你讀過尼采嗎？

北一女中兩位資優班學生自殺的消息，報刊媒體仍然斷續討論，對社會的影響可謂餘波盪漾。猶記得媒體記者曾報導她們倆讀過尼采、叔本華、王尚義等人的作品。他們都不是今天「這一代」年輕人心目中的偶像；這幾個名字所代表的哲理與象徵的意義，都非當代的主流「顯學」。我問學校實驗室的兩位大二學生讀過王尚義的《野鴿子的黃昏》嗎？他們茫然搖頭，其中一位第二天對我說去書店也找不到王尚義的任何一本書。

這一代的年輕人當然更不認識尼采是何許人也。五〇、六〇年代，甚至七〇年代的年輕人，遠不如今天這一代對世界資訊熟悉。以前，打一通國際電話是了不起的大事；今天，是有直播衛星的時代。可是六〇年代的臺灣青年，認真讀過尼采的人不少。今天的青年雖然可以輕易地接觸世界資訊，但都是娛樂、消遣的瑣碎消息，沒有世界性先賢大哲的思想與智慧。

今天，我們如果能聽到尼采這個名字，也許還是出自麥克．傑克森與瑪丹娜的口中。仔細想想，今天我們從種種高科技資訊技術產品中（如衛星電視）所看見的「世界人物」，不就只是麥克．傑克森、瑪丹娜，還有NBA的喬丹嗎？

我不苛責這一代年輕人，相反的，我深深的同情他們。九○年代與六○年代的青年，一天都只有二十四小時。但是六○年代的生活遠比今天單純，那段日子沒有KTV，沒有十幾二十個電視頻道轉來轉去；騎腳踏車是常態，不能隨意遠行。因此青年學生有較多的時間讀書、讀閒書、思考、清談，談天地正氣，談尼采與叔本華。

今天年輕人的生活型態相反，他們「必須」花費許多時間在郊遊、舞會、KTV、電視機、甚至電腦螢光幕前，但是他們擁有的時間仍然只有二十四小時，剩下可以分給書本與自己的時間太少了。此所以這一代青年人，雖然比他們的前輩擁有更多的資訊，但卻不見得更有知識與智慧。

我不認為尼采、叔本華、王尚義直接或間接害死了那兩個自盡的女學生。相反的，我常覺遺憾沒有更多的年輕人讀尼采。

為什麼一定要知道尼采是誰？為什麼尼采要比瑪丹娜更重要？這真是難以回答的問題。

我只能說：尼采的作品中透露他是個認真的人，對生命抱持嚴肅的態度，曾經努力探索人生存在的意義。而且，尼采不僅是屬於德國的，也是屬於全世界的。不管我們喜不喜歡尼采，應該分一點時間給他，聽一聽這個睿智的心靈對我們說什麼。我們的時間分給連續劇的還不嫌多嗎？為什麼不能分一點給尼采呢？

我唸大學時，曾經有一段日子很認真地閱讀帝俄文豪杜思妥也夫斯基的小說，最後我終於要看《卡拉馬助夫兄弟們》。我開始了兩遍都半途而廢，因為感覺很晦澀，不容易唸下去。後來我一鼓作氣把全書看完，那種感受不只是看一部小說，更彷彿親近了一位偉人的心靈，感覺自己的生命也因而昇華了。那年我唸大學二年級。

我是如何想到去讀尼采、叔本華、王尚義，乃至杜思妥也夫斯基的作品？原因很簡單，因為我曾經聽說這些名字是重要的思想家，因此渴望認識他們，所以找他們的書來看。最近常聽見有人說「臺灣病了」，我只想呼籲，請從KTV、股票、政爭中脫身吧，讀一讀尼采。

零丁洋裡嘆零丁

文學作品裡常見「借景喻情」的例子，原因是文學家的感觸特別敏銳，碰見特殊的山川花鳥景物，就會情不自禁的觸景生情。南宋文天祥的〈過零丁洋〉律詩，即是「借景喻情」的佳作：

辛苦遭逢起一經，干戈落落四周星，
山河破碎風飄絮，身世飄搖雨打萍，
惶恐灘頭說惶恐，零丁洋裡嘆零丁，
人生自古誰無死？留取丹心照汗青。

文天祥作這首詩的背景，是南宋末年，兵敗被蒙古（元）軍隊俘虜。元軍押解文天祥坐船渡過廣東的海灣「零丁洋」，文天祥在船中悲從中來，也許當時就蘊釀了這首詩。後來元軍要他寫信招降另一位南宋將領張世傑，文天祥即答以本詩以表心志。

全詩首先追敘自己當年參加禮部考試榮獲第一名，從此進入宦途。自奉詔起兵勤王以來，迄今兵敗被捕恰好四週年。山河在戰亂中有如柳絮在風中飄蕩，起兵以來自己居無定所，恰似雨點打在水面的浮萍一樣。當年領兵經過江西「惶恐灘」，內心是何等為國家前途惶恐不安；如今兵敗被俘，坐船橫渡廣東崖山的「零丁洋」，感覺自己是如何的孤單零丁。自古以來，人生誰能免一死？只願自己的耿耿寸心，將來能被史家載入史冊之中。

「人生自古誰無死？留取丹心照汗青」，歷來為後人引用傳誦最多。然而，我獨偏好「惶恐灘頭說惶恐，零丁洋裡嘆零丁」兩句。「惶恐灘」、「零丁洋」，都是現實中的地名，文天祥藉之發紓內心的悲憤與孤寂情懷，何等貼切。

「惶恐」與「零丁」兩種心境：「惶恐」是形容臨事戒慎恐懼，彷彿千鈞萬擔壓肩頭，深感責任重大。猶記得有人指出，　國父畫像、照片中，十張有九張的　國父相貌沒有笑容，神情十分嚴肅。為什麼？因為　孫中山先生當時身處的時局，國事如麻，千頭萬緒，怎能開懷展顏？這種「惶恐」心情，也反映於遺囑中的「革命尚未成功，同志仍需努力」。

「零丁」則是舉目環顧，「念天地之悠悠，獨愴然而涕下」，那種陳子昂登幽州臺的孤獨感油然而生。文天祥的零丁感，是因為內心深知國事已不可為，遂有千萬感慨湧上心頭。這種孤獨的心境，很多人都經歷過。

「惶恐」與「零丁」可以是自憐自艾、沮喪洩氣的感受，是消極的。然而我們讀〈過零丁洋〉並不覺得頹廢喪氣，因為文天祥乃是自述懷抱，原本即知獨木難扶將傾之大廈，此所以他以一介布衣文士起兵之初，心情是無比的惶恐忐忑，深恐朝廷所託非人。

就在文天祥被俘之後兩個月，南宋將領張世傑率領殘餘的宋軍與元軍在廣東崖山海面決戰，結果宋軍大敗，張世傑戰死，陸秀夫背負南宋末代皇帝跳海，宋朝覆亡。文天祥成為亡國之臣，他在一首無題的長詩前，有如下的說明：「二月六日海上大戰，國事不濟，孤臣天祥坐北舟中，向南慟哭」。這時的文天祥，其心境何止「零丁」、「惶恐」而已。

史載文天祥被押北返元之大都，獄中囚禁四年，終是不肯投降而遇害。他在獄中寫下膾炙人口的〈正氣歌〉，留給後世知識分子一個清白楷模。〈正氣歌〉中一一數記歷史上的偉人事蹟，以證天地正氣。其實，文天祥自己就為天地正氣作了最好的注腳，「是氣所磅礴，凜烈萬古存，當其貫日月，生死安足論！」文天祥，既是典型的民族英雄，也是愛國主義詩篇的創作者，他的事蹟與詩作留給中華兒女無限的感念，誠然是「風檐展書讀，古道照顏色」。

起望衣冠神州路

——為建軍七十年致黃埔師生

中國的文學史上，「詞」通常是屬於軟性的，所談多是兒女情長。這個觀念，直到南宋愛國詞人辛棄疾才出現詞壇的一大異數。辛棄疾的《稼軒詞》中許多首都洋溢著壯懷激烈的愛國情操，留給後人的不只是詞壇佳話，更為南宋憑添多少民族正氣。

辛棄疾出生於靖康之恥以後的南宋高宗年間，當時徽、欽二帝被金人擄去已久，宋朝君臣南渡遷都建康（今南京），高宗、孝宗兩帝卻是不以恢復為業，一心求和，所謂「南渡君臣輕社稷」、「直把杭州當汴州」正是後人對那個時代的嘲諷批判。

辛棄疾嶄露頭角於聚眾起義抗金，隨後更以五十騎深入金兵軍營，活捉宋朝叛將南渡。他的傳奇色彩大大鼓舞了當時節節潰敗的南宋軍民鬥志士氣。

南渡後的辛棄疾本想率領大軍北上滅金復國，無奈朝廷君臣毫無大志；孝宗尚且簽約賠款，以姪兒禮稱呼金主。辛棄疾在這種請纓無門、報國無路的困境下，滿腔悲憤都化為詞章。他的一首〈賀新郎〉，後半闋是這麼寫的：

去天尺五君家別，看乘空，魚龍慘淡，風雲開合。起望衣冠神州路，白日銷殘戰骨。嘆夷甫，諸人清絕。夜半狂歌悲風起，聽錚錚，陣馬檐間鐵。南共北，正分裂。

這首詞的大意是說盼望如同魚龍變化一樣，做一番叱吒風雲的事業，然而眺望昔日濟濟衣冠的中原，如今只剩下滿地戰士殘骸，而朝廷上充斥著清談誤國的君臣。屋簷間鐵片隨風發出叮噹聲響，宛如疆場殺敵奔嘶的戰馬聲，別忘了國家正處於南北分裂狀態啊。

展讀中國歷史處於分裂動盪的時期，凡堅持「一個中國」的一方一定勝利；凡意欲在分裂狀態中苟且偷安的一方必定失敗。這個鐵一般的定律，歷史在在驗證不爽。三國時蜀漢諸葛亮一再要出祁山討伐曹魏，後主阿斗有一回問他：「相父何不安享太平乎？」好一個「安享太平」，無怪最後蜀漢滅於司馬晉朝，亡國阿斗所得的封銜就是「安樂公」。南宋，在中國歷史上的評價不高，並非由於它的積弱，主要是那個時代的苟安懦弱；辛棄疾乃成為眾人皆醉我獨醒的代表，他在〈水龍吟〉裡說：「落日樓頭，斷鴻聲裡，江南遊子。把吳鉤看了，欄杆拍遍，無人會，登臨意。」吳鉤寶劍在手，卻無法一展抱負，只得在詞章中一抒悲憤，所以古人說「社稷不幸詩家幸！」

距今七十年前，國父責成先總統　蔣公創立「黃埔軍官學校」，首要使命就是求得中國統一。黃埔第一、二期的師生以五百桿步槍建軍，終能完成北伐統一，開啟了近代中國史上可歌可泣國民革命的輝煌歷史。

民國三十八年的變局，使得中國暫時分裂。當前的處境，誠然彷彿辛棄疾慨嘆的「南共北，正分裂」。但近年來由於國家統一的前景模糊，我們在臺灣流於追逐酒肉聲光享受，對民族大我的關懷日漸淡薄。我常想：不知道未來的史家將如何界定我們的功過？個人小我的生命短暫，小我生命的需求與關注也比較狹窄有限。但歷史是無情的，將來我們在歷史上的定位會像南宋與蜀漢一樣嗎？南宋尚有辛棄疾、陸游與文天祥，他們的詩詞留下吉光片羽可供後世中華兒女展讀緬懷。只是詩詞歌賦無能改變後人對於「南渡君臣輕社稷」的印象——黃埔建軍以來即將邁入第八個十年，這個島嶼上所有身著戎裝的黃埔師生們：不要辜負黃埔前輩學長的犧牲奉獻，黃埔與國家的榮譽都在你們的手裡。

吉光片羽見氣節

宋朝愛國詩人陸游著名的詩篇〈示兒〉詩，據考證是臨終前最後幾首詩作之一。全首是以遺書的方式寫給他的兒子，表達自己直到臨死仍然耿耿於懷的遺恨，就是南宋朝廷仍然未能從金人手中收復失土，統一中原。陸游囑咐孩子將來若是中原統一，千萬要把這個好消息祭告自己在地下的亡魂：

死去元知萬事空，
但悲不見九州同。
王師北定中原日，
家祭勿忘告乃翁。

這首詩前兩句有蒼涼無奈之憾，後兩句則是一個轉折，洋溢為國祝禱之情。統一中原是朝廷國家的大事，也是個人家族之念，因為陸游交代這樁大事必須列入「家祭」事項，隱隱然期勉兒孫要為光復大業努力。

然而命運往往難以捉摸，更常常捉弄人類。南宋亡於蒙古後，一生橫跨元宋兩個朝代的「遺民」林景熙，寫了一首詩：〈書陸放翁卷後〉，呼應前面引用的陸游〈示兒〉詩，最後兩句是這麼寫的：

來孫卻見九州同，
家祭如何告乃翁？

林景熙的意思是說：「陸放翁啊，你的後世子孫終於等到中原統一的一天，但卻是在異族統治之下，請問你的子孫要如何在家祭中告訴你這個消息呢？」

宋朝是中國歷史上頗為反諷的一個朝代。北宋亡於金，岳飛雖然率領有「撼山易，撼岳家軍難」之譽的精兵，也無法阻止宋室覆滅；南宋亡於元，文天祥、辛棄疾、陸游等人也未能扶大廈之將傾。很顯然的，林景熙已經不再對宋室復國抱著希望，接受了元朝統一中國的現實。可是他的遺民心態不能平衡，只好藉詩抒憤。表面看似諷刺陸游，實則是整個時代亡國之恨的深沈吶喊。家祭如何告乃翁？這是何等沈重的詩篇。

其實，改朝換代並非渺小的個人能阻擋或負責的，但心靈敏銳者處於兩代之間的關口，感觸特別多，悲憤之情不禁油然而生。西貢淪陷時，越共的坦克車轟然撞開南越總統府「獨立宮」的鐵柵門；總統阮文紹及副總統阮高祺早就收拾細軟跑去美國了，留下萬千生民倉皇不知所措。一位南越警察憤然舉鎗當街自盡，為自己國家的歷史劃下句號。可是，國家興亡大事應該由一名小小的警察承擔嗎？

朝鮮半島遭日本鐵蹄統治三十五年，韓國愛國志士安重根企圖謀刺伊滕博文，事敗被捕。他曾寫過一首漢文詩以明志：「從古何嘗國不亡，纖兒一擲倒金湯……但能得此撐天手，卻是亡時亦有光。」安重根也好，那位南越警察也好，他們可是使得「亡時亦有光」的「撐天手」嗎？多少人趁著國家動亂時渾水摸魚發「國難財」，為何要讓少數幾個人背負如此之重的興亡重擔？

也許我們可以這麼說：這些在歷史變局中留下霎那流星般光芒的渺小個人，雖然對於全局沒有影響，其精神正如　國父所說的：「革命先烈在無可如何之時，便以死來感動四萬萬人。」也許這就是良知、血性、亦謂之氣節。凡身處時代變局者，展讀史書，能不擲卷三嘆乎？

紂為象箸而箕子怖

有一天我和幸澄逛百貨公司，看見正在展示的一塊大地毯，顏色花紋可說是既鮮艷又不失莊重，所以吸引了很多顧客的圍觀，我們倆也在人群中欣賞這塊高懸的大地毯。

這塊地毯索價若干？嘩，可是嚇人！我們不約而同吐了吐舌頭。轉身離開之後，我們阿Q式地說，這塊大地毯美則美矣，但是得有一個「大」客廳才舖展得開它。同時，客廳的家具不能太寒傖簡陋，必須能和地毯相配；牆壁、天花板都得有同等的格調。講到這裡，我倆哈哈一笑。

這件事使我想起《韓非子》中的一則故事，在〈說林〉中記載：

紂為象箸而箕子怖，以為象箸必不盛羹於土鉶，則必犀玉之杯。玉杯象箸必不盛菽藿，

> 則必旄象豹胎。旄象豹胎必不衣短褐而舍茅茨之下，則必錦衣九重高臺廣室也。稱此以求，則天下不足矣。聖人見微以知萌，見端以知末，故見象箸而怖，知天下不足也。

這段故事簡譯如下：商紂王使用象牙筷子，箕子知道了就覺得很恐怖，他想使用象牙筷子吃飯的人，一定不會拿土杯土碗盛湯，而是用犀玉杯。犀玉杯及象牙筷子當然不會用來食用粗茶淡飯，而是山珍海味。享用山珍海味的人不會穿粗布衣住茅屋，一定是穿錦衣住亭臺樓閣。依此類推，天下的資源就不足了。所以聖人見微知著，看見有人使用象牙筷子便覺得恐怖，因為預知人心的欲望難以滿足，天下的資源就不夠用了。

常常覺得中國的文化是一座浩瀚的寶藏，以古鑑今，其實今天的很多社會現象與問題，古人多半早已論及。從一雙象牙筷子聯想到「天下不足」，我們或許會覺得聯想力未免太豐富了，其實這裡隱喻的是一個社會風氣的問題。試想如果百貨公司賣的昂貴地毯很多人搶著買，是不是意味著有很多人住華廈巨宅？但擺在眼前的事實是臺灣地小人多，不可能有那麼多土地供建商蓋大房子，「天下不足」也。

此所以社會上憂國憂民的有心人士，對於一些看似無關緊要的小事，往往以敏銳的心情關注。因此，過去輿論界批評過一杯八百元的咖啡，滿漢全席宴（兩百萬一桌）等等。這不是干涉他人的個人自由，而是憂慮這種奢侈浮華的風氣擴散蔓延，對社會的整體發展是不利的。事實上，臺灣社會一年在飯館酒樓吃掉的不止一條高速公路造價，但是每個人一年平均買不到一本書，這樣的社會風氣怎不令有識之士憂慮？只注重口腹之欲不注重精神食糧的社會，不可能是一個前瞻性的進步社會。

關於社會風氣的另一層面，是一般社會「意見領袖」的責任問題。誰是意見領袖呢？就是政、經、商、學各界乃至大眾傳播媒介的負責人，他們的生活動見觀瞻，等於是有意無意地宣揚某種時尚風氣。例如常見報載黨政要員在五星級豪華飯店闢室協商，難道不能就在辦公場所的會議室開會嗎？為何雙方討論事務必須有一桌酒席？清茶白水不足以解渴嗎？這些疑問常見輿論質疑，卻是未見主事者有任何改進之意。

最近有一位大學教授告訴我，他由於研究教學的領域與工業界有聯繫，偶而接受工業界友人邀宴，出入的場所竟是曖昧的聲色場所。這位大學教授說，他親見這些工廠「老闆」給領位小姐的小費起碼是五百元大鈔一張。我聽了頗有感觸，一則是社會上竟有如此賺錢容易的行業與出手闊氣的顧客，二則是大學教授竟也出入這等場合，是所謂的「人在江湖，身不由己」嗎？我們的社會究竟是怎樣的江湖？是誰造成這樣的江湖？我並不自視清高，只是難免有「紂為象箸而箕子怖」的驚懼與孤寂之慨。

銅駝荊棘之嘆

選舉又來了，每逢選舉就感覺臺灣太小，躲不過選舉宣傳的疲勞轟炸，掀開報紙，跨頁兩版逐縣逐鎮報導選情；打開電視，選舉已成專輯新聞。戶外，大街小巷都是候選人的旗幟、布條、招牌；選舉季節就怕上街找路，因為幾乎所有重要街道路口的路標都被競選宣傳物蓋住了。還有自高樓頂垂下長長的宣傳布條，地面到處可見扔棄的傳單；一抬頭，一個碩大的氫氣球寫著候選人大名正緩緩飄過。這種三度空間的夾殺，讓人想裝糊塗說不知道有選舉都不可能。

「聽覺」與「視覺」一樣逃不過選舉宣傳，宣傳車滿街跑，高音廣播重覆提醒您支持某某候選人。越近選舉日越熱鬧，候選人的車隊出來沿街拜票，此間選舉術語謂之「掃街」，長長一列各式車輛，前導者必是三五位年輕小夥子，臂套證章、唇含口哨，雙手燃放金魚火花與沖天砲，硝煙火花瀰漫，候選人拜託之聲不絕於耳。此情此景常令人躲之唯恐不及，一怕被沖天砲所傷，二怕車隊人馬鬧事。是什麼力量驅使這些跟隨者甘心為宣傳車上的那位候選人賣命流汗跑腿？有一年選立法委員，其中一位候選人最後得票數只有四位數而落選，猶記得選舉期間他的車隊遊街，助選人員就是像上述那麼熱情。一個得票不滿五千張的候選人，都能吸引跟隨者，何況是那些參政有成的候選人。臺灣彈丸之地的政治狂熱實在駭人，一次選舉，整個社會付出的有形無形成本頗為可觀，光看媒體用的形容詞「世紀之戰」，不難看出選舉是如何挑動臺灣社會，更不用說每逢選舉必有的金錢與黑道暴力現象。

社會上下熱中政治的這種現象是好是壞呢？對於民選的各級民意代表您有何感覺？這幾年「解嚴」後的社會生活比前些年「戒嚴」時代更和諧更安全更有法治嗎？「賢」與「能」的人材在我們的選舉制度中能出頭嗎？社會的貧富差距比以前更小、所得分配更合理嗎？現在我們國家的前景目標比以前更明確嗎？今天社會各族群團體比以往更團結嗎？

雖然政府官員信誓旦旦地說現在並沒有所謂的移民潮，事實卻是勝過雄辯，去醫院接受移民體檢的人數增加了，坊間茶餘酒後電話信函中的話題離不了「移民」，報章雜誌移民廣告版面擴大，加拿大更為了我們移民人數激增而來臺設立專門辦事處。移民現象反映民眾對於這幾年所謂民主開放的成果並不滿意，對於明日的前景更懷有不確定的疑懼。早些時候常聽到的說法是這些脫序亂象都是過渡期的暫時陣痛現象，以後就好了。可是第一屆國代「老賊」趕下臺了，第二屆國民大會打得吵得不堪入目；立法委員全部改選了，議事效率更為低落；選舉更頻繁，賄選更嚴重，暴力介入有增無減。現在恐怕很難有人再說這只是「陣痛」，相反的，移民人數增加正足以反映人心普遍預期臺灣的亂象將越演越烈。難怪新加坡總理吳作棟直言，臺灣的動盪亂象是由於實行了錯誤的民主。

新加坡人的批評一定使我們不高興，甚至惱羞成怒，反唇相譏，嘲諷新加坡的專制、不自由。但是這種情緒化的反駁無濟於事，當前的要務是我們社會的公民必須認清：時不我予，臺灣五十年來好不容易積累的一點政經成就，正在這幾年裡急速惡化的金權與暴力畸形民主中消耗殆盡。不要怪罪《一九九五年閏八月》的預言聳動了移民潮，一本書哪有那麼大力量？其實這本書講的不過是一個「亂」字，預言臺灣會越來越亂，亂到不可收拾時就給敵人可乘之機。不要指責我們為何不為「民主」鼓掌叫好，如果「民主」帶來的是更動盪而非更和諧，我們怎麼不為國家前途感發「會見銅駝在荊棘」之嘆？走筆至此，想起六〇年代美國的一首流行歌曲：「給和平一個機會」。給和平一個機會吧！今天的臺灣何其需要和平！

孤績誰復論

宋朝詩人鮑照的樂府詩〈代東武吟〉，是假借一位漢朝老軍人之口，敘述自己一生為國奮戰沙場，卻落得晚景淒涼的遭遇。我們不必借古諷今，然而正值榮民退除役官兵在臺灣的處境再度成為社會各界的焦點時，鮑照的這首詩值得參考：

主人且勿諠，賤子歌一言；僕本寒鄉士，出身蒙漢恩。
始隨張校尉，召募到河源；後逐李輕車，追虜出塞垣。
密途亙萬里，寧歲猶七奔。肌力盡鞍甲，心思歷涼溫。
將軍既下世，部曲亦罕存。時事一朝異，孤績誰復論？
少壯辭家去，窮老還入門。腰鐮刈葵藿，倚杖牧雞豚。

昔如臂上鷹，今似檻中猿。徒結千載恨，空負百年怨。
棄席思君幄，疲馬戀君軒。願垂晉主惠，不愧田子魂。

第一段是引言，老兵自稱為「賤子」，本是鄉下人，蒙漢朝國恩得以投身軍旅報效國家，先是跟隨張騫遠征黃河，接著與李將軍出塞討伐匈奴。戰時固然行軍萬里，就算太平盛世也不免四方轉征。半生歲月都在馬鞍盔甲中度過，心境歷經人情冷暖。

第四段說將軍去世後，他們的部將還存活的也不多。時代變了，誰還單單記得我的個人功績？回想自己少壯辭家從軍，如今回家的是一副老弱病殘之軀，還得割刈野菜並飼養小雞小豬以維生計。

第六段自敘當年好比立於主人手臂上受重用的獵鷹，今天淪落有如關在籠中的一隻猴子，胸臆間是千百年也說不清的怨恨。自己有如被主人拋棄的一床破蓆，但請朝廷憐惜我這隻疲病的老馬，向古代明君效法，不使昔日功臣淪落被棄。

這首詩不能免俗地用了一些典故，「願垂晉主惠」與「棄席思君幄」有關，是借用晉文公的故事：晉文公當年流浪異國二十年，後來得以回國出任國君，在返鄉路上他下令把破舊的草蓆等器物拋棄，又叫面色黑黃、手腳粗糙的人走在隊伍的後面。顯然晉文公是近鄉情怯，想營造一點衣錦還鄉的氣氛。幸好一位近臣及時進言，指出在流浪歲月中都虧這些面貌粗鄙的忠臣及破草蓆，才有今日的榮歸故國。晉文公聽勸，立即收回成命。

「不愧田子魂」講的是「疲馬戀君軒」的典故：魏國的田子方在路上看見一隻疲病的老馬被主人棄養出售，田氏說這匹馬少壯時為主人出過力，老了就要拋棄，不是仁人志士該有的心態。田氏遂出價購買老馬帶回家安養，此事因而傳為美談。

晉文公與田子方的史實，無非是勸人不能忘本，自己飛黃騰達了，不能拋棄患難之交或糟糠之妻。「飛鳥盡，良弓藏；狡兔死，走狗烹」等成語，比喻的都是相同的意思。

今天在臺灣的退除役官兵榮民，絕大部分是民國三十八、九年間隨軍從大陸轉戰來臺。這些「老兵」的家鄉在大陸，由於海峽兩岸四十多年的分裂對峙而無法還鄉。近年來開放赴大陸探親，有多少令人鼻酸的倫理親情悲劇一齣一齣上映，或是子欲養而親不在，或是夫妻各已另娶改嫁。雖說「還鄉」，但是近半世紀的分隔，老兵袍澤弟兄們日常生活熟悉的家鄉早已是臺灣。此情此景，誠然是「徒結千載恨，空負百年怨」！

然而，在這片土地上，有多少老兵當年僅領取了微薄的遣散費及一床棉被就離開軍隊；

今天，仍有多少老兵居住在安養之家及簡陋的眷村中。同時，有多少政客與暴民一再以無情、下流的言詞辱罵嘲諷老兵：「外省人都是光屁股逃難來臺灣」。但請翻閱一下坊間書店任何一本中國近代史，或是蔣經國先生遺著《風雨中的寧靜》：這些老兵當年保衛護送「太康艦」，運載上海的中央銀行國庫黃金來到臺灣，而今仍然孑然一身，可是社會富裕繁榮了。如今老兵的貢獻卻一筆抹消，彷彿臺灣四十多年來的成就是無中生有、地裡蹦出來的「奇蹟」。鮑照詩中「時事一朝異，孤績誰復論？」今日讀來何其熟悉，卻也何等令人感嘆。

輯二

暮鼓晨鐘又一年

自然界有四季變化，農業社會裡人類的活動與天時節氣息息相關，日常生活中春耕秋收自成一套規律，年節慶典也依時序自然產生。我們中國人再把這些節日加入幾許神話與幾許哀樂，例如端午與屈原、中秋與嫦娥。

到了工業社會，甚至今天的資訊社會，人類謀生就業不再仰賴土地與天候，紀念慶祝往昔農業社會留傳的節日就顯得突兀與不協調。例如：每逢農曆年，總是有人在媒體上苦口婆心的勸大家不要暴飲暴食而傷了身子。現在平日的飲食都夠豐富了，實在用不著藉著過年而大吃大喝。

身為一位老師，我常覺得教師節似乎也是這樣一個尷尬的節日。教師節原是孔夫子的生日，後世將這一天定為節日，祭孔大典年年舉行，以示對至聖先師的尊崇，延伸的涵義是對天下老師的致敬及對師道與教育的重視。

民國以來，祭孔大典依舊維持。就連大陸的中共政權經過「批孔」之後，仍然恢復了祭孔大典，並且公開推崇儒家文化在現代化社會中的價值。

可是每年過教師節，我總是要問：「老師」還是有意義、有價值的職業嗎？教師節似乎已流為又一個放假的日子，若是與週末週日相連，學生（甚至老師）關心的是能不能連續放假？在大學裡，學生可能央求老師調課，左右為難。

有時我會收到教師節卡片，有時啥也沒收到。當然，學生沒有送卡片給老師，也許並不表示沒有敬意，可能只是太忙太累而忘了。反過來說，我也曾是學生，也不見得每年記得寄教師卡給我的老師們。說起來，這好像聖誕節與新年的賀卡一樣：在異鄉、在旅途中的人反而惦記著寫卡片，在故鄉定居的人可能一忙就忘了寫卡片。

現代的學生，日常生活中的雜務太多；今天的老師，每天參與的俗世工作也不少。這會不會是今天師生關係淡薄的原因之一？九月初，我服務的大學開學，一年級「新鮮人」的迎新晚會上，我致詞歡迎新生時，提到我念大學時還常去陳振東老師家中拜望老師。陳老師是「育林學」的教授，退休後仍然常來學校參與系友活動。我回到系上教書，常常感覺薪火傳承責任的重大。但回憶當年還是所謂「戒嚴」的年代，可是師生關係反比今日「解嚴」下的密切。這也是人生的一種反諷吧！

觀望今日臺灣動盪的大學校園，我隱隱感覺空氣中的潮濕氣息，是山雨欲來風滿樓的那種感覺。坦白說，在這樣的時代裡，師生爭競以「選舉」為「校園民主」的表徵，我有個人過於渺小的無力感。我只願意做一位「陽春教授」，以敲鐘和尚的心情敲我的暮鼓晨鐘。

對所有的大一新鮮人，我願奉勸一句話：要珍惜你眼前的讀書機會，默禱你能順利、平安地讀完四年大學，完成高等教育。這不是危言聳聽，歷史上有多少人因動亂而失去了求學上進的機會，成為終身的憾事。可是也有多少人在太平盛世裡墮落為無所事事的遊民，或者是今日媒體焦點的「飆車族」。

這豈是僅對大學生說的呢？所有在學校求學的青年、少年、小朋友：不要以為眼前的書本、課桌椅是人生的「理所當然」。因為這個世界上有許多許多正值學齡的幼苗，在烽火與饑荒中枯萎。在大陸也有小朋友以棺材板當課桌，在昏暗的教室上課。

人生眼界過小過近，就會把自己的幸福視為理所當然。我冷眼旁觀，眼見許多青年學生虛擲光陰，實在有說不出的感慨，不知道該如何把我的暮鼓晨鐘傳入他們的耳中。回顧我所接受的教育，我要感謝那許許多多的老師們，在我求學的各階段所給予的協助和啟發；我更要感謝上天，讓我在無虞匱乏的平安歲月中完成高等教育。我的感謝很平凡，因為我的經歷也很平凡。但每逢我觀望動盪的世局以及日益動盪不安的此間大學校園，我越發感覺必須為自己的幸福感恩。我也如此提醒自己：要做一位盡職的老師，在喧譁聲中敲暮鼓、撞晨鐘。

未曾許諾的玫瑰園

從森林小學到毛毛蟲學苑，這些由私人興辦的「體制外」小學教育，一直困惑著我國教育主管當局，不知是該取締或如何面對它。社會大眾呢，有人贊成、有人反對，但都等著看教育部要如何處置。這誠然是當前教育問題的一個難題、一個挑戰。

也許我們可以從根本上，先來探討森林小學與毛毛蟲學苑這類小學的教育模式有何特點，再來分析它們的模式有無可能推廣應用於整體國民教育。

「體制外」小學教育，與一般「體制內」國民小學教育相比，有三個特點：

首先，它的班級學生人數少。因此，老師與學生人數的比例也比較接近，老師較能照顧個別學生的需要；第二，它的師資水準高，其中甚至有大學教授或學生家長客串；第三，它的教學內容有彈性，較重視戶外活動，不注重作業考試。

總歸起來，這三項特點的基礎必須是有人以奉獻的心情義務投入工作，否則就需要較一般國民教育更昂貴的學費。據報載，森林小學一個學期的學費就要新臺幣十二萬多。說穿了，森林小學的本質就是「貴族教育」。其實我們的社會早已有「貴族教育」存在，有的私立小學完全具備以上森林小學的一、二兩項特徵，收費也以七、八萬元計算，家長依舊趨之若鶩。再者，補習班與私人家教也是另一種型式的「貴族教育」。因為它們共同的基礎是建立在「錢」上。

很顯然的，這種「體制外」小學教育理念並不能推廣移轉於「體制內」的教育。第一，一個社會不可能建立許多迷你小學（小到只有八個新生入學）；第二，一個社會不可能為每一所公立小學聘請大學教授教算術；第三，由政府承辦的公立學校不是為「貴族」或「精英」學生設立的，而是為一般民眾的平庸子弟辦教育。換句話說，公立學校教育的出發點，本來就是與「貴族教育」反其道而行的。所以美國有收費平價的州立大學，也有學費昂貴的哈佛、耶魯等私立大學。

使社會與政府迷惑的，是這些「體制外」小學強調它們的實驗性教育方式。在小學階段不以考試區別學生的資質成就差異，並不是一項創新的實驗。北歐瑞典早已在「體制內」國民教育實施，要到高中階段才有成績等第出現在學生成績單上。這種制度的結果，是許多青年人到了高中才發現原來自己是這麼糟糕，因此這個年齡層的瑞典青年自殺率特別高。考試成績等第的作用，並非全是為區別學生差異，同時也是為檢驗個人學習理解的成果。過早讓小孩在分數上競爭固然無益，過度保護小孩也不是教育的目的。這個世界不但有考場，還有商場，更有戰場，在在需要競爭，它不是一個玫瑰園。

瑞典的教育是從社會主義觀點出發的，它也是反貴族、反精英的理念。例如瑞典的小學讓學生輪流攜帶樂器回家，目的是讓窮人、單身母親、酗酒爸爸的孩子也有機會接觸小提琴，說不定他們當中有第二個莫札特！否則就只有讓醫生、律師、富商的孩子才有機會玩樂器。

我個人深深覺得這方面值得我國教育部參考，就是一個自許是「大有為」的政府應該在教育上多照顧出身清寒家庭、資質平庸的孩子，讓他們與天才兒童或有錢人的孩子一樣有「出頭天」的機會。過去，常有人批評我們的教育制度扼殺天才，今天我要說我們的體制內教育照顧一般的學生太少了。

請教育部想想那些出不起十二萬學費的學生，他們的父親不是大學教授，媽媽沒有讀過詩詞，他們的家庭不談環保、不懂三〇一條款、不會上街遊行抗爭。今天這些孩子坐在公立小學的教室裡，他們的智商不高、也沒有特殊才藝，但他們的眼珠一樣黑亮，熱切渴盼這個政府扛起教育他們的責任。

教育的目標

各級學校都有階段性的教育目標，預期學生畢業時能獲得某些知識、技術、能力、思想。但是在大多數的學校裡，教師只能規劃他們認為學生應該學到的內容，亦即「課程設計」。所以，今天講教育改革，有人說要廢除大學軍訓護理課程，或說中學生可以不必唸史地……，這樣的爭議，見仁見智，難有定論。具自然科學背景的人士，強調科學在現代社會的重要性，主張增加中小學數理課程的分量；鄉土情懷濃厚的一派，則認為中小學課程應該增加認識鄉土及母語教學的分量。

整體來看，臺灣地區的教育工作這幾年來改革之聲喧囂塵上，一個接一個的方案，從升學到心理輔導，涵蓋了各個層面，課程內容也因而有所變更。

教育改革的最大盲點，就是只注重課程內容，亦即「什麼」是學生應該學的，卻較少注意學生「如何」與「為何」學習這些課程的內容。中小學教育的困境更由於有一個校外統一考試（聯考）而雪上加霜，使教師完全以學生的聯考分數為教學導向，遑論發展各校、各個老師的教學特色？在大學教育階段，教授們僅討論什麼科目可以開設，也很少想到如何使學生有效地學習這個科目的知識內涵。

在美國，大學部教育成效不彰幾乎是所有大學的共同問題，很多大學因此設立了「委員會」擬定「改革方案」。有關這方面問題的改善，一些著名大型大學不見得比一些中小型規模的學院有成效。其中一項獨特的見解，是認為教育的目標可由學生的「勝任能力」來界定，哈佛大學的前任校長布克，即相當推崇這種教育目標，他曾以美國一所小型學院為例，這所學校為自己的大學部教育制定了政策，是以學生在下列領域的勝任能力為教育目標：

一、培育有效的溝通技巧

二、改善分析能力

三、加強解決問題的能力

四、培育價值判斷的能力

五、改善社交的性格

六、達成瞭解個人與環境的關係

七、培育通曉與瞭解當代世界

八、培育對於藝術及人文知識的瞭解及敏銳感

這所小學院的教師們一齊會商，制定衡量上述「勝任能力」的標準，並且討論評估學生「勝任能力」的方法，這些方法不一定是通常的筆試測驗，可能是要求學生完成一項指定作業。

這種策略的優點，是它以學生的「全人」為教育對象，是為了發展「人」的潛能，然後再決定需要什麼課程科目來達成教育的目標。這種以「勝任能力」為導向的策略，有別於傳統以「格子化」的知識領域（數學、英語、有機化學）為導向的教育。

傳統的教育太重視個別知識領域，儘說國民小學課程標準、國民中學課程標準、大學共同科目標準，也就是說注重在各階段應該把個別知識領域學到什麼程度。於是，知識成了主體，學生反而成了為知識而存在的客體，全然抹煞了人性的價值。為什麼我們的教育體系裡要有中小學「標準」教科書？為什麼我們不能開放編著教科書，再以衡量學生的整體「勝任能力」為目標？從現實來看，可以理解我們很難跨越這一大步，因為如此一來學生無從準備

聯考。但是今天的聯考豈不就是以個別知識領域為導向的測驗嗎？這樣的教育何曾顧及莘莘學子全人發展的勝任能力？

疲憊的大學校園

美國康乃爾大學教授艾倫.布魯姆是我景仰的一位當代教育家、作家；他的一九八七年名著《封閉的美國心靈》（副題為：高等教育如何使得民主制度失敗及戕害今日學生的心靈），是我案頭常駐的一本書。忝為大學教師，我經常反覆閱讀這本書，觀照今天臺灣的大學校園，對比書中所說的美國高等教育的缺失與危機。

最近一本高等教育雜誌，為了慶祝發行二十五週年，該刊特地製作專輯，摘錄過去這些年來美國社會對大學教育發出的針砭與建議，其中包括布魯姆於一九八二年的一篇文章摘要，題為「漠不關心的大學」，謹試譯如下：

> 我的結論是：我們最好的大學裡的學生，並不相信任何事。而大學本身對此現象並不

冀圖做任何改變，再說它們也辦不到。一種懶散的美國式虛無主義正到處散播——不恐懼罪惡深淵的虛無主義。康德認為重要的一些人生問題——如：神、自由、永恆——幾乎無法觸動年輕人的心靈。而本該是鼓勵大家探索這些問題答案的大學，卻反倒是使這樣探索疑問毫無意義的原因根源。

今天的年輕人普遍來說，他們進大學不是為了經歷知識的奇遇，發現奇異新世界，或是追求關於人之所以為人的真理。原因是年輕人以為自己已經知道了這些答案；此外，他們也可能認為這些疑問是無解的。況且，大學並不嘗試說服年輕人相信：進大學的目的就是透過接受自由的教育，得以尋求上述諸多問題的解答。至少在某一層面來說，進大學是要學習如何獲得自由，能夠獨立思考。我們的大學沒有前瞻的眼界，不知道一個受過教育的人應該知道哪些事。大學的整體宗旨，因著內部不協調的個別特殊目的而喪失了。

在大學中任教，常有諸多無力感；臺灣目前的大學校園正急遽的世俗化、傖俗化。我們的師生模仿立法院、國民大會、電視綜藝節目，乃至模仿廟口夜市賣藝。所以大學校園裡有人靜坐抗議、有人開會時提「程序問題」，有人辦「公聽會」，有人唱卡拉OK。但是校園裡久已不見學生清早散步背誦英文單字，不見討論康德、尼采、柏拉圖，有人未嘗聽過《宋元學案》、《明儒學案》，有人從未讀過一遍《三國演義》。這就是我們的大學。

當然，許多人會質疑這有什麼不對呢？

我的答覆：這正是布魯姆憂慮的一個「漠不關心」的大學，我要進一步詮釋為「疲憊的大學」。大學師生已在前述世俗化的過程中耗盡精力，豈能再關心「一個受過教育的人應該知道哪些事」？所以我們不認為在會議中三番兩次提程序問題有何不妥（那是民主！），我們不認為有必要至少讀過一遍《三國演義》（那是封建古董）。

此所以今天的大學越來越像「技術人員訓練班」，我們的學生學了一堆第一、第二，抱著幾本「技術手冊」離開校園。這樣的大學不能培養孕育哲人聖賢，畢業生可能成為政客，而非政治家；會成為歌星、明星，而非藝術家與演員；可以培訓證券行業務員，而非經濟學家。

當然，還是有人會問，這有什麼不好呢？

這個問題的本身就界定了我們對大學及高等教育的期望是什麼？在一個世俗化的疲憊校園裡，若仍要說「為天地立心，為生民立命，為往聖繼絕學，為萬世開太平」豈不是奢望嗎？

——八十三年九月二日

募款與大學經營

最近教育部推行一項新的教育理念，就是要各大學自行籌募一部分經費。這個理念對私立院校而言不算新，因為長久以來，私立大學從教育部獲得的補助一直不高，本就必須自己想辦法。有幾所私立大學向外募款頗有經驗與績效，募得的款項相當可觀。但「募款」對於多數公立大學則是全新的課題，過去公立大學完全仰賴教育部編列預算。給的多，就多做點事；給的少，則少做點。公立大學校長是中央政府派任的，只對教育部負責，為學校爭取經費只意味著如何從國家教育預算中多分一點錢。現在要公立大學自行向社會籌募部分經費，關於大學經營的一些理念，值得社會各界藉此機會一起思考。

首先，公私立大學都是社會的公器，這是無庸置疑的，但是二者與政府的關係並不相同，公立大學是政府基於教育國民的責任而設立的，可以說教育部是公立大學的「父母」、「雇主」。

雖然近年來社會上有共識，基於尊重學術自由的原則，應給予公立大學更多的自主權，但這並不能改變「公立大學是政府設立的」這個事實。因此，教育部對於公立大學的日常運作經營，有責無旁貸的義務。

過去幾年由於經濟景況欣欣向榮，政府財政收支良好，公立大學的發展從經費面看，有一段不錯的時期，甚至於增設了幾所新大學。問題是這一兩年政府的財政似乎比較緊，前幾年快速的發展，現在就成為不輕的負擔，因為整體的教育經費並未相對的大幅成長。例如：現在有幾所新設與籌設的大學，在在需要投入鉅額經費做基礎建設。錢從哪裡來？無形中是減少了現有大學的預算，用來補貼新設學校不足之處。一些「新」大學的校園規劃及樓館建築都很壯觀，規模設備甚至可與歐美大學相比擬。反觀「舊」大學，校園雜亂無規劃，建築破舊落伍。本於「公立大學是政府設立的」原則，教育部與行政院如何在照顧新舊大學間取得公平的基準點？這就涉及政府作為公立大學的設立者，寄望各學校達成的標準與規模在哪裡？

經營一所現代的大學是一個專業領域，其細密複雜不亞於經營一間公司。我們中國人過去一直把「士」與「商」分開，萬般皆下品，唯有讀書高。讀書人、知識分子在社會上受尊重。現在我們仍然受這個傳統影響，對大學師生給予過高、過重的崇高地位，與世隔絕。其結果是忽略了大學經營的重要性，現在的大學行政體系中除了「人事」與「會計」有獨立系統外，其他行政部門幾乎多由教授兼職。

大學教授兼任校內行政職務，乍看之下好像符合「教授治校」的理念，也滿足了「大學自主」的意願。其實，大學教授或許是某個領域的專家學者，但不見得懂得全方位經營一所大學。我們在大學中的人事與會計部門，也沒有「大學經營」的專門訓練，只有一般性專業背景，被派任到「大學」這個機關來工作，並不清楚大學與一般行政機關的異同。現在教育部計畫把公立大學預算脫離國庫「統收統支」體系，另設作業基金，乃是重視大學經營專業化的一個起步象徵。但尚不知行政院是否能理解同意。

為什麼把經營一所大學講成好像很難的事呢？舉例來說，一所大學的校園電話系統規劃就是大學問，再如垃圾收運、郵件分發、師生飲食、停車開車……這些瑣碎事務都是維持大學正常運作的環節，涵蓋範圍之廣，有如經營一個市鎮。但是一般知識分子可能不屑一顧這些瑣事，又怎麼期望他們把大學經營得上軌道？

就我所知，美國與加拿大都有幾個機構，專門為新上任的大學校長與其他高階行政首長開授訓練課程，目的就是為使大學領導人認識大學經營的專業性，培養觀照全局的能力。

再回到大學經費的籌募與開支：美國哈佛大學經過三百三十年才積累了一億美元基金，但花了兩百年才存下最初一百萬美元。現在哈佛大學的「財富」規模，是列名美國前五百名大公司的企業之一；創立於一六〇五年的「哈佛公司」是歷史悠久的商業機構，它有六位董事，哈佛校長為其一。換言之，如果我們羨慕哈佛的經費充裕，須知那不完全是由於有人樂於慷慨捐款，更是由於哈佛懂得如何經營它的大學與基金。值得深思的，是哈佛並沒有因為染上銅臭而喪失學術的崇高地位，也沒有失去人文理念與關懷，我們能想像這樣一個「企業」不由專業人員經營嗎？中國知識分子如何能放下士大夫的虛矯身段，接受以企業經營的專業觀念經營大學，恐怕是我們的高等教育能否轉型的關鍵之一。

——八十三年二月四日

大原則與小問題

我們中國人常以「樹」與「林」形容一件事情的細節與全貌，「見樹不見林」指的是欠缺觀照全局的能力，只看到了細微末節。問題是對個人而言，自身的小問題往往遠比整體的大局更重要。原因很簡單，一般人對於切身之害都比較關心。

國父說政治是管理眾人之事。可是難就難在眾人集體的得失所趨未必與個人一己的利害一致，雖然我們口頭會說「犧牲小我，成全大我」，但真正要「管理」眾人之事的時候，如何在大我與小我之間作適當的取捨，實在不容易。

既然「管理眾人之事」就是政治，因此廣義的「政治」並不一定侷限於選舉官吏與民意代表，一個學校裡教職員生每日生活的經營運作何嘗不是「管理眾人之事」。今日臺灣的校園日益動盪，學生告老師、家長打老師、老師騷擾學生、學生脅迫勒索同學……黑函、辱罵、抗議、示威、罷課，甚至於大學生「接管」系辦公室，各種怪異現象無法一一列舉。真正令人憂心與感嘆的，是學校與政府各級主管（負責「管理眾人之事」的）對此起彼落的校園亂象束手無策，僅視之為一個又一個「個案」，寄望於溝通、協調、談判。

校園的問題與一切「眾人之事」一樣，都牽涉了「大我」與「小我」兩個層次。主其事者必須認清什麼是整體大局的大原則，什麼是個人層次的小問題。學生宿舍的熱水鍋爐年久失修，冬天洗澡時熱水時來時停，住宿的學生當然要吵鬧了，這是可想而知的。可是若有人因為學生宿舍的熱水問題而發動全校罷課，這時候的問題就不再是「小我」的小問題了，它已升高至足以影響全校師生，已經觸及了辦一所大學的「大原則」。什麼是一所大學的大原則呢？我們也許可以列舉出許多大原則，但最重要的就是要維持一個安定的校園，讓師生可以放心的教書、上課。只因為宿舍的熱水鍋爐壞了就要讓全校師生無法上課，這是任何有定見與遠見的主事者不能苟同的。

以上的鍋爐故事只是假想的例子，一個真實的例證就是文化大學美術系學生的罷課事件：只因為不滿意美術系主任排課的缺失，居然就可以鬧到全系罷課，並且由學生接管系辦公室，甚至一度要由學生自行邀請老師授課。姑且不論學生如何，我只認為文化大學與教育部太欠缺定見與遠見了。

當年南非尚實施種族隔離政策時，美國哈佛大學的學生無意中發現，該校財源的經營管理者「哈佛公司」居然投資南非的金礦等事業。熱情純潔的哈佛學生舉行示威活動，要求校方將資金撤出南非，以免間接地壓迫南非黑人。但是哈佛大學主事者不為所動，發布聲明表示「哈佛公司」董事會願意考慮學生的意見，但是不能由學生告知學校該如何經營運用它的資金，因為這違背了一所大學的「大原則」！學生可以適度的參與校園的諸多事務，但是絕不能由學生來制定學校的經營決策，資金如何運用就是校方要負責的決策，學生不能置喙。哈佛當局主事者，對於大原則的掌握與堅持是何其清晰肯定。

今天部分老師懾於所謂「校園民主」假象，連在大學裡開設什麼課也說要問問學生意見，我個人深深以為這太荒唐了。教授教學講課是一所大學的核心任務，如果做老師的不知道哪些課程該教給學生，而任憑學生隨喜好決定，那還辦什麼大學？反過來說，如果學生真的能夠理性、客觀、成熟的決定什麼課該開設與否，這些學生實在也沒有必要再留在大學浪費光陰了。

此時此地大學教育的第一要務就是要維持一個安定的校園，如果這位老師覺得系主任不公平，那個學生抱怨教室蚊子多，今天你示威遊行，明天我絕食抗議，後天他吵鬧，這個大學就辦不下去了！教室蚊子多、宿舍熱水不來，當然都是要解決的切身問題，但是不能讓這些小問題衝擊學校辦教育的大原則。這樣的理念何嘗不能應用於社會的脫序亂象？社會上人人有一肚子怨氣，若因此就可以縱容打、砸、搶、燒、殺，豈不成了危邦亂邦？

——八十三年十月七日

三比七這個比例

一個國家社會裡政府扮演的角色，實在不容易給予明確的定位，否則世界上也沒有這許多政治學說與政府體制。但大體上可以說：有人認為政府管得越少越好，有人主張政府應該管得多。

現在有一個擺在眼前的例子，就是有關臺灣地區的高中與高職的學校數量比例的爭論。臺大數學系教授黃武雄，最近在報章發表長文，不贊成執政當局強作人力規劃，於過去二十年間把高中與高職的比例調整為三比七。黃教授的大文引用多個其他國家的資料，相比之下，臺灣的職校學生所占比例偏高。我拜讀黃教授的大作，實在是心有戚戚焉，因為黃教授講的道理很多人都知道，很多人也講過寫過，不知為何政府當局不能理解？

今天在臺灣有一個非常明顯的事實，即青年學子希望進大學。進大學的必要條件，是得先考上一所升學率高的普通高中。但是有兩個難關不易通過，一是普通高中太少，二是普通高中當中的「明星高中」更少。由於這些問題，我們的青少年朋友的國中生活深為考試升學競爭所苦。學生苦，家長也苦，整個社會常為升學問題煩惱。

為什麼會有這麼痛苦的教育問題？一個原因，是教育當局過分強調技職教育的重要性，限制了普通高中與一般大學的增長。長期以來使得只有少數人得以擠入大學窄門。我還在念大學時即深深感覺，我們的聯考制度並不能公平區隔適合與不適合進大學的學生。因為若是每年只有三萬個大學新生名額，卻有十萬名考生，就注定了有七萬人會被排除於大學之外。其實也許那七萬人中仍有一兩萬人（或更多）若是進了大學，說不定也可以順利畢業。

再退一步，回到高中高職階段來討論這個問題，有更多不公平的現象存在；進普通高中的目的是為了預備進大學，所以「普通高中」的本身不是教育學程的終極目標。但由於明星高中過少，年輕人若考上一所升學率不佳的高中，等於注定了三年後難以考取理想的大學科系。其實既然進普通高中只是大學的預備教育，就不必把所有的成績好的學生集中在幾所明星高中裡。以高中聯考成績區隔學生進入不同的高中，實在是國中教育不能正常化的關鍵。

此外，普通高中過少造成的後遺症，正如同前述大學過少一樣，使得高中聯考也不能公平區隔適合與不適合接受「大學預備教育」的學生。前一陣子所謂國中自學方案討論得如火如荼之時，我曾撰文於報章表示：如果高中的數目不增加，那麼不管什麼方案都不能改變升學競爭裡「僧多粥少」的結果。這是最簡單的常識。

今天執政當局成為眾矢之的，完全是因為社會上的普通高中與一般大學過少乃是出於政府的主導規劃。這個政策與社會的需求並不符合。政府不可能不清楚，許多高職與五專的畢業生以再升學為目標，形成這個階段的技職教育學程不知目的為何，學子虛擲了青春，社會浪費了可貴的資源。讓我們不要評斷高中與高職教育的優劣，只問：如果社會上大多數人想進普通高中，為什麼不多設立普通高中？

根據《遠東經濟評論》年鑑統計，臺灣在一九九一年的都市人口占百分之二十一，在亞洲二十七個國家地區中（扣除香港、新加坡、澳門），是都市化第四高的區域。同年臺灣的勞動就業人口中，有百分之四十五點五從事商業與服務業，是亞洲第三高的比例（僅次於澳洲與日本）。凡此在在顯示，臺灣社會結構裡藍領勞動階層並沒有大量的需求。高職學校卻在高中職教育體系裡占百分之七十的比重，難道不是規劃不當嗎？這一類的規劃何苦來哉？

政府辦教育只須注重學校師資、課程、設施的水準，至於年輕人和家長希望念哪一種的學校，自有就業市場負責調節平衡，政府何須干涉又吃力不討好呢？想想這個三比七的比例，怎能不令人感嘆？

——八十三年三月二十五日

遴選領導人才

最近每掀開報紙，常可看見副刊版面上有五十字以內的「一句話」，由許多作家、學者、社會賢達執筆。這些「一句話」大抵是人生座右銘的性質，企圖在簡短文字中反映關於人生的真知卓見。我認為所有的文體中，「詩」是最精緻的語言。這些「一句話」專欄短文，固不求文藻的華麗，但論其內涵的濃縮程度，實是遠較詩詞更精練。

日前我在報上拜讀前師大校長劉真先生的「一句話」金言，說領導人才須具備三項條件：知識、見識、器識。

劉真先生的「三識」，且容我狗尾續貂，將它引伸應用在遴選大學校長方面。我認為：大學的校長同樣須具備這三項領導人才條件。

首先說知識，大學校長領導的是一個知識分子社區，這個大學社區的使命也是傳遞知識。

因此，大學領導人的知識不能局限在自己專長的小圈子裡。去年我接待一位加拿大大學的院長，他的本行是經濟學，卻對此間一些屬於科學的研究工作很感興趣，頻頻發問、記筆記。這位院長告訴我，由於他的院長職責，他必須對於自己領域之外的知識有相當的了解，否則無法作決策判斷。

其次是見識：每一所大學都有發展週期，在一個發展週期中的各階段，大學的方向與需要都不盡相同。大學校長必須充分理解自己在現階段的使命是什麼，更要清楚要把這所大學領往何處去。藍圖必須清晰具體，而不是泛泛之談的「加強國際合作，提升學術水準」等等。

最後是器識：劉真先生說領導人要有「恢弘的器識」。這實在是個人心胸的嚴格考驗，在臺灣政壇常可見私人派系的小圈圈，用誰與不用誰都脫不了朋黨結私與鬥爭整肅的陰影。在學術圈裡，這個現象仍然存在：校長用人或是以畢業年班為考量，或是以留學國家為考量，有數不清的實證可以舉例。某醫學院院長上任幾年後，社會赫然發現院中各科系的主任幾乎全由與院長當年同班的「班友」接掌。如果說此事「純屬巧合」，院長這一班人才輩出，前後幾屆畢業班都無人才，也未免太不可思議了吧？其實，這只不過反映了領導人比較信任自己同學！換言之，這就是器識問題。

論到遴選領導人才，我們臺灣社會在這方面，仍然停留在偶像圖騰崇拜的階段。李遠哲先生得了化學諾貝爾獎，於是國統會要找他參與制訂兩岸關係方略、幼兒教育問題要請他發表高見（可是李先生自承家中孩子都是太太照顧）、政府剛剛推動「南向」政策，李先生馬上宣布中央研究院要成為東南亞研究的重鎮。這一切，都讓人覺得李先生的「參與」未免稍嫌急迫，不自然。

我記得李遠哲先生曾說過，如果臺大要聘他做校長，按照現行法規，他大概不符合任用資格。李先生以此為例，批評臺灣的政府用人制度僵化。有趣的是美國有這麼多諾貝爾獎得主，又有這麼多大學，為何沒有一所大學遴選一位諾貝爾獎得主出任校長？更值得注意的是李遠哲先生原先任教的加州柏克萊大學，遴選了一位與他同樣是化學專長的田長霖先生出任校長！如果讓李先生與田先生同時成為臺灣任何一所大學的校長候選人，毫無疑問的一定是李先生出線當選吧？為什麼在美國卻不然？田長霖先生並沒有諾貝爾獎的桂冠榮銜，為何反而受到加州大學校長遴選委員會的青睞？其實這說明了在臺灣無論是政治、學術或社會問題，全無獨立思考與客觀抉擇的可能性。我們只是追隨圖騰偶像走：「諾貝爾獎」是一個圖騰，喧囂塵上的「民主」也是一個圖騰。（讀者您看到此處生氣嗎？這正好證明民主還是一個有待釐清的模糊觀念，它不是圖騰是什麼？）

我無意批評李遠哲先生，我只是認為領導人才必須適才適所；有許多事，諾貝爾獎得主不一定是最適合的領導人才。遴選領導人才，還是多考慮劉真先生的「三識」條件為宜。

——八十三年六月二十四日

保育、文化、消費

臺灣觸動國際眾怒，原因是我們在此間的消費行為影響境外的野生動物，這些動物快滅種了！可是我們消費的理由（如犀牛角可退燒）並不為國際社會接受，不認為是值得尊重的獨特文化習俗。

這一陣子我國為保育問題頭痛不已，自從美國一個保育團體指責臺灣是殺老虎和犀牛的兇手之後，國際上的保育團體紛紛怪罪臺灣，其焦點集中於臺灣的中藥店販售犀牛角與虎骨，認為這是非洲犀牛與孟加拉虎瀕臨滅絕的主要原因。自去年起，簽署〈保護瀕臨滅絕生物國際公約〉（簡稱〈華盛頓公約〉）的國家，就醞釀要籲請各國在貿易上制裁臺灣。今年，先是華盛頓公約國家組織再度討論是否制裁我們：接著，美國內政部又援引該國的〈培利修正案〉，建議美國總統下令抵制臺灣輸美的野生動物產品。現在美國總統柯林頓終於簽署制裁我國。

上面兩件事將我國政府相關部門整得人仰馬翻，首當其衝者是行政院農委會。從電視上看見農委會官員神情凝重，甚至得放棄休假，守候在電話機旁，等待國外是否會傳來「貿易制裁」的壞消息。

行政院連戰院長得知華盛頓公約國家組織通過將臺灣列入「查看」名單後，發表聲明說這是「不公平的」！因為連院長講我們在保育工作上已有績效，特別舉出省政府農林廳的「特有生物研究保育中心」為例，認為國際間不應忽略我國的努力。

從連院長的辯護詞看來，我國與國際一攻一守之間似乎沒有對準焦點。今天國際上保育團體也好，各國政府也好，指責臺灣的不是一個廣泛的保育問題。坦白說，臺灣三萬六千方公里面積太小了，不會有人關心我們設立幾所國家公園或是保育中心；國際間關切的是臺灣的消費問題，因為我們消費的犀牛角與虎骨是來自境外，而這兩種生物又在瀕臨滅絕的名單上。所以，我們的中藥店間接加速了犀牛與老虎的滅種！不要說西方保育團體危言聳聽，連我自己看見非洲草原上橫臥僵斃的犀牛照片也不禁鼻酸，因為屍體上沒有角！換言之，這隻犀牛所以被殺，全是由於有人要拿牠的角入藥。尺璧非寶，懷璧其罪！怎不令人感傷犀牛的悲慘下場。若說用犀牛角入藥是中國傳統文化的一部分，那麼這實在是如同婦女纏足一樣該淘汰的「文化」。

嚴格說，我們在臺灣飼養水鹿然後鋸角（鹿茸）販售圖利，也和獵殺犀牛僅為取角一樣的殘忍。只不過臺灣水鹿並未瀕臨絕種，是飼養的家畜，且是臺灣本土動物，所以不會引起國際側目。犀牛、老虎都是臺灣沒有的野生動物。今天我們惹起國際公憤，正如同前幾年流刺網漁船事件一樣。大洋公海裡的水族，無論就牠是瀕臨滅絕的生物或單純的漁產品來看，都不容許一個國家大小通吃的趕盡殺絕。近者如黑面琵鷺事件，牠們只是過境臺灣就遭殺害，怎不引起國際忿怒？

中藥店販售犀角虎骨，依權責看應該是經濟部與衛生署的主管事務。經濟部與衛生署應明確界定犀角虎骨是否屬於合法銷售購買的「商品」、「藥品」，如果不是，則應全面禁止銷售購買。今天的邏輯似乎是說犀牛與老虎是保育類野生動物，所以該由農委會負責，甚至要農委會官員「下臺」，這是何等荒謬的「鋸箭法」，而農委會也悶不作聲自認該由他們負責。現在舉國上下要反毒，大麻、罌粟花都是植物（甚至可說是農作物），是不是也應該由農委會負責緝毒呢？為了取締販售犀角虎骨的中藥店，農委會裡還煞有介事的安置幾位「保育警察」辦公。這實在可笑，若比照相同的邏輯，試問：衛生署裡該不該安插專門取締密醫密護的「醫護警察」？

容我再說清楚，臺灣觸動國際眾怒，原因是我們在此間的消費行為影響境外的野生動物，這些動物快滅種了！可是我們消費的理由（如犀牛角可退燒）並不為國際社會接受，不認為是值得尊重的獨特文化習俗。

對於本國沒有生產的野生動植物製品（如犀牛角、虎骨、象牙），它所牽涉的純粹是商業交易的規範問題，主其事者毫無疑問應是經濟部。司法警察則是負責取締制止一切違「法」的行為人事，不能每個部會都設立自己的警察。現在經濟部對於犀角虎骨事件完全撇清，無怪乎連院長會說出「我們有特有生物研究保育中心」這類不著邊際的辯詞。我們的保育中心能保育犀牛、老虎、大象嗎？

我國被接踵而來的國際制裁聲浪嚇亂了方寸，馬上想到花錢消災的老方法，對國際組織與保育團體都已捐款，還要繼續捐款。甚至還有人提出藉著參與國際保育組織達到「重返國際社會」的外交目的。一提到「重返國際社會」，我們的外交部也亮了眼睛。每聽到藉花錢以重返國際社會的論調，心中就深深為這個政府憂心。如果我們捐款的目的是想逃避貿易制裁，或是藉此「重返國際社會」，願望恐怕要落空，因為國際組織與保育團體都不會輕易被銀子收買。除了換來「凱子」的稱號之外，如何能真正洗刷「犀牛終結者」的惡名？不在問題的癥結上著手，國際制裁永遠是我們擺脫不掉的夢魘。

——八十三年四月十九日

春雨如油

自去年夏天起縈繞在臺灣社會每個人心頭的旱災惡夢似乎即將結束。從農曆年起全島各地春雨綿綿，雖然未至「傾盆大雨」的程度，但由於多處地方連續下了一週的雨，山地集水區也降雨，雨水不但滋潤龜裂的大地，也使得一度降至「呆水位」的各處水庫紛紛回升。中部的大甲溪石崗水壩已滿水，上游的樞紐德基水庫也迅速回升。連一度見底的石門水庫，水位也脫離危險期。對於全臺灣的民眾，這實在是開春以來的大好消息！古人說春雨貴如油，此刻真有同感。

車子行駛於臺中彰化之間的高速公路上，但見路旁的農田多已插秧，綠油油的秧苗與山坡上萌芽的青草花木，都受到春雨的洗禮，顯得格外清新。不禁想起這一陣子農民與政府農政單位都為了今春的一期稻作是否休耕而頭痛，政府先是宣布全臺大部分地區休耕，因為春耕的灌溉用水可能不足。這些休耕的農戶，每公頃可以向政府領到一萬八仟元補助金。話猶在耳，突然天降甘霖。當這一波春雨初降時，政府決策部門仍然舉棋不定，農民卻接二連三打電話給農會，要求解除休耕令。眺望高速公路兩側的阡陌稻田，心想農民大概已經決定春耕了。

猶記得去年十二月間，大家正為缺水而焦頭爛額時，有幾位專家學者紛紛發言「預測」老天不會在短期間降雨，並且指責政府不及早規劃水資源政策。現在這場及時雨還會下多久沒人知道，也沒人埋怨專家的預言不準，因為有雨就是一樁喜事。話說回來，「天有不測風雲」，要準確預測天候氣象實在不容易。

通常我們是根據一些自然環境的條件，去估測天候氣象。但是這些自然環境因素彼此有著錯綜複雜的相互關係，我們不能過於簡化這些因子的影響力。例如有人說綜觀全球，在北緯二十幾度的地區，北回歸線經過之處多半是沙漠地帶，我們臺灣也位於北回歸線上，故也應列為水資源缺乏地區才是。其實緯度只是決定天候氣象諸多因子中的一個，例如北緯六十度的北歐瑞典和北緯五十六度的加拿大內陸相較，很多朋友都以為瑞典要比加拿大冷。事實上，北歐的北海因有墨西哥灣流迴流經過，它的冬天一般來說反而不如大陸性氣候的加拿大來得冷。臺灣是海島氣候，雨水的來源主要是太平洋熱帶低氣壓（颱風）。這一次乾旱主因是去年夏天有二十幾個颱風過門不入，很是反常。但倒也不必因此危言聳聽地說凡是北回歸線經過之處多是水資源缺乏地區。

規劃水資源政策的確是當務之急，當年或來年的稻作是否休耕，應該考慮更多的經濟因素，而非僅是缺水與否。這回休耕令的威信難以維持，就是因為僅盯住水庫缺水一件事。農民想因為缺水才休耕，現在老天已經下雨，我當然可以插秧了。

此外，每回缺水時政府總是呼籲民眾要節約用水，其實一般民眾平時洗菜煮飯洗澡沖馬桶，日常民生用水遠不如農工業用水來得多，農業用水尤其是用水「大戶」，除了水田外，養殖業的魚塭、九孔池都消耗不少水資源。算起來，民生用水只占全部用水的一個零頭。尋常百姓固然應該節約用水，儘速制訂全面性的整體水資源政策也很重要。因此，用水的「水權」不但要合理分配，「水價」更要明確的定位。水的價值不是由自來水廠或水庫算起的，應該追溯至源頭集水區的森林。臺灣山高坡陡，若是沒有森林覆蓋，雨水流入大海將更多更快。每逢乾旱缺水，總是有人指責林務人員護林不力，伐木過多。平常不缺水時，卻未曾聽過誰願意在水費中考慮加入造林護山的成本。在統計學裡，多變數、複因子的模式總是比單變數、單因子的模式困難，但也更富有挑戰性。水資源政策也是如此。

農業前途的人文關懷

過去一年來，我國在國際貿易上的熱門話題就是如何加入「關稅暨貿易總協定」這個國際貿易組織。一般來說，加入「關貿總協」對我國的整體經濟是有助益的，因為一則出口商可以在更公平的競爭規則下打入國際市場，增加外貿輸出；一則我國大幅減免進口關稅與貿易障礙後，臺灣民眾可以享受高品質且低廉的進口商品及服務。

然而，加入「關貿總協」對於臺灣也有相當程度的負面影響，最主要的就是農業。由於減免進口關稅與其他非關稅性貿易障礙，將使得國外農產品更容易進入我國市場，對臺灣農民將是一大衝擊。現在日本與南韓都在美國的強大壓力下，作出有條件部分開放國外稻米進口的重大決定。水稻一向是亞洲傳統農業的指標農作物，開放稻米進口的意義不只是區區金額，更象徵傳統農業必須重整。我國的農業最高主管單位「行政院農業委員會」先是再三表示暫不考慮開放稻米進口，繼之又宣布加入「關貿總協」後，將比照介於日韓之間的程度允許進口。未來稻米進口不知還有多少變數，但顯然這個問題是我們無法逃避的。政府的決策與國民的心理，最好先預做準備，屆時才不致於措手不及。

我們討論臺灣農業前途，往往不能避免情緒化的因素。這可分為兩方面來講，首先是社會上普遍認為一國的農業必須自給自足，以防萬一戰時國境遭敵方封鎖或是平時國際農產品價格波動，我們可以維持民生最低糧食需求。這個論點是世界各國維持農業補貼政策的最常見理由。然而現代戰爭中，武力封鎖一個國家並不容易，歷次中東戰爭與越戰都證實無法完全有效封鎖。再者，支持一個國家投入長期戰事需要很多因素，糧食只是總體戰爭的一個因素。個人淺見認為稻田面積大小，並非戰時決勝的主要因子。

另一方面，許多人認為臺灣需要稻作的水田以涵養地下水源及調節氣溫。這是反對開放稻米進口的「生態」理由。關於臺灣的地下水文流動分布，這方面的長期數據資料非常缺乏，難以下判斷。值得注意的是臺灣水田由於長期耕作與施用化學肥料，地質鹼化，地表土很淺，下方是難以穿透的「硬盤」。稻田中的積水是否有效回饋地下水流，需要再研究。何況農業整體來說，每年已用掉臺灣四分之三的水資源，其消耗量驚人。所以稻田涵養水源的功能並不是那麼大。

水田固有調節「微氣候」的功能，但與其他立體的植生狀態（如森林）相比，平面的水田調節氣候相當有限。值得深思的是臺灣經大陸移民伐林造田，墾殖多年，當明末鄭成功登陸鹿耳門時，嘉南平原已是一片沙洲。再加上光復後，以生產為導向的傳統農業經營體系，對這個島嶼的自然景觀與生態環境有相當大的衝擊。稻田乃是人為的產物，並非自然的結晶。因此，也許我們可以換一個角度衡量農業的價值，而非僅以「糧食」與「生態」理由為農業保護政策辯護。

我個人是主張保護臺灣農業的，因為它是這個島嶼的人民過去三百年來的主要生活型態，當中有獨特的人文歷史價值，值得我們把農業放在整個社會的大格局中作整體規劃。年前我造訪彰化田尾、田中一帶的村鎮，省道兩側盡是花卉盆景市集，花農與賞花買花的遊客人潮車陣交織，蔚為奇景。這兒的「公路花園」有如法國香檳區的葡萄園，都反映了特殊的鄉土歷史文化。像這樣的農村生活型態，是不能僅以國民生產毛額價值去衡量的。我們如何讓農民除了衣食溫飽，也能過個有尊嚴的生活，乃是制定農業政策時必須用心之處。過去的價格補貼政策，是單純地針對特定農產品生產數量而補貼，這不但擾亂市場供需機能，也難以使農民願意留在鄉村務農。行政院農委會正在研擬中的「對地補貼」及「離農年金」政策，則是以單一農戶與單一農民為補貼對象，也就是著眼在維繫農民的「生活」。

不久前我跟隨《興大校友》編輯同仁，前往中興新村拜訪省府農林廳邱茂英廳長談臺灣農業。邱廳長對於加入「關貿總協」抱著樂觀的看法，他說農業的轉型是許多先進國家都走過的路，我們沒有理由不能克服困難。邱廳長言談間露出充足的自信，使我想起一句俗話：「化危機為轉機」。我們對臺灣農業的前景也應抱持樂觀的信心，當前農業雖然有許多問題，但何嘗不是整體農業經營的轉機。但是這需要大智慧作大格局的思考與規劃。

——八十三年二月二十五日

農業政策要有遠見定見

臺灣目前的農業問題，實在是「剪不斷，理還亂」，一顆小小的蒜頭就搞得社會不安。據農委會解釋，大蒜去年生產過剩，市場價格暴跌，導致今年種植面積縮減，於是產量不足，蒜價暴漲。農委會想緊急進口一批大蒜以平抑市價，孰料引起蒜農抗議，只好僅進口五十噸大蒜在農會系統的超市出售，意思意思。在這大蒜一跌一漲之間，我們看見當前農業政策的多少無奈！

首先，對農民保護的農業政策應儘快統一口徑，也就是落實對地對人補貼而不對農產品補貼，透過農民年金等福利手段，保障真正從事農業經營的農民，使農民得以在田畝間安身立命。「農民年金法」是一個既實際又有宣示性的法案，應當儘速通過實施。

其次，農產品的供需應交由市場機制決定價格；這個「市場」指的是全球流通的自由市場，亦即必須承認臺灣的糧食不必也不可能完全僅由臺灣本地供應，臺灣的消費者有權利購買世界市場上價廉物美的農產品。這也是過去的「關貿總協定」與今日的「世界貿易組織」對國際農產品貿易的看法。如果我們希望其他國家購買臺灣的個人電腦、球鞋、成衣，為什麼我們不能採購美國牛肉與泰國大米呢？

所謂自由的市場並非僅是允許農產品進口，還有進出口貿易的法制化問題，例如此次大蒜風波事件，坊間傳言不斷，謂僅有三家貿易商擁有進口大蒜的特權。果真如此，這就不是「自由化」了；如果是謠言，也反映了社會不信任當前貿易秩序的公平性。

反對農產品貿易自由化的人士，常信口開河的宣稱食物有其區域特色的傳統，所以臺灣人民就是喜歡吃蓬萊米，不喜歡泰國米。其實，所謂的臺灣蓬萊米實在是日本米，一百年前日本占領臺灣之初，引進日本米，還遭到臺灣同胞排斥抗拒，日本人用了好大功夫鼓吹宣傳，臺灣同胞才逐漸接受日本米。沒想到一個世紀下來，日本的蓬萊米竟成為臺灣民眾認同的對象。說起來這只是一個飲食習慣的問題，如果有朝一日引進泰國米，時日久了，此間民眾也會慢慢接受的。

問題是一旦加入「世界貿易組織」，即使是初期的緩慢開放農產品進口，對臺灣農民的心理打擊也是不可忽視的。這時候就越發需要一個穩健沈著的農業政策，引導農民與全社會走過過渡時期。實在說，這才是「政府」的功能。太平歲月裡，帝力與我何有哉，誰來主政不都一樣嗎？

寄望行政院農委會調整本身的角色定位，不要再做第一線衝鋒陷陣的小兵角色，外國人罵臺灣保育不力，農委會就去圖章店查扣象牙圖章；小玉西瓜有農藥污染，農委會就去示範吃西瓜；現在蒜頭漲價，農委會就要協調進口大蒜！唉，好辛苦的農委會官員。

呼籲農委會盡量多做往遠處看、往大處看的整體農業政策規劃工作，把細節留給省市農業單位去操心。如果今天中華民國實際管轄的領土包括神州大陸，這個國家中央政府的農業主管機關豈能再管到象牙圖章、小玉西瓜、一頭大蒜呢？

雖然今天的格局僅是三萬六千方里之地，但是全球貿易的態勢是走向融合，不是孤立。臺灣急需一個大視野的角度，前瞻二十一世紀中的臺灣在整個中國、亞洲、全世界的定位，再來擬定臺灣農業政策。例如：一旦農產品逐漸開放進口，勢必影響青少年進入農業就業市場的意願，據行政院主計處的調查，臺灣青少年欲進入大學農學院的意願極低，那麼現在各級教育體制中的農業院校科系何去何從？至今未見教育部與農委會有一個整體、全面的構想。

再者，內政部去年年底決定大幅放寬日後購買農地的資格身分限制，不限職業類別，放寬年齡上限，幾乎是只要有財力者都可透過無數的「合法人頭」蒐購農地，農地炒作之風重現已可預期。這樣如何能藉釋出農地平抑地價及協助工商業的發展？這樣的政策怎能避免「金權政治」譏評的瓜田李下之疑？這樣的政策怎能宣稱是遵循　中山先生的民生主義？社會輿論一再質疑，當前農業政策不能再且戰且走、見招拆招因循下去了。

——八十四年二月十日

輯

二

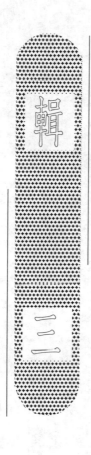

好散文的要素

一提到散文，就想起余光中先生的名言：「散文是作家的身分證」。這句話的意思，是說散文這種文體乃是一切寫作的基礎，一個作家無論擅長寫的是小說、劇本、詩詞，總得先把散文寫出個樣子。然而我們又常常聽人講散文是「易寫難工」，可見要把散文寫得好也不容易。可是，究竟一篇好散文應該具備哪些要件呢？

最近個人有幸參與幾個文藝獎的散文評審工作，拜讀應徵者的作品，促使我認真思索究竟怎樣的作品才算一篇好散文。我個人以為一篇好散文大概須具備下列幾個要素：

首先是文字，散文的字詞不需要華麗，重要的是自然、通順。作者的文詞運用必須熟練流暢，讓讀者看得懂，看得愉快。現在有的年輕人寫散文時不太注重遣詞用字，一篇文稿中有錯別字不論，也不注意一段句子的語法，讀來不知所云，有時還出現英文句法，例如大量的用「被動」句型等等。

其次，一篇好散文所蘊藏的情感應該具有感染力。散文無論是說理、敘事、記情，作者想要表達的意念都無非是要傳達給讀者。此所以這麼多年來中國人對於英國的劍橋都有莫名的好感與嚮往，因為徐志摩和陳之藩筆下的劍橋太美了，也確實感染了讀者。有的散文作品用詞隱晦，例如「Y·M傷透了我的心」等等，可是整篇文章並未交代清楚Y·M為何傷了作者的心，因此讀者讀了不能產生共鳴。

並非一定要柔性的散文才須注重其中的情感成分，性質陽剛的散文如政府文書也必須訴之以情才能打動人心。最好的例子就是蜀漢諸葛亮的前後〈出師表〉，堪稱中國歷史上愛國主義的代表作。駱賓王擬稿的討伐武則天的檄文，也是這類散文的佳作。

第三，是一篇散文作品的「境界」高低。一般來說寫散文時與作者個人週遭人事物的關係比較密切，因此容易流於瑣碎細節的流水帳，局限在個人主義的小框框裡。意境高超的散文，則是把個人小我的故事「放大」到全人類的層次，將短暫時空的際遇「擴散」到歷史長流。這樣的作品可謂之境界高也。

以上三個條件，第一、第二兩項是絕對必要的。作者如果連遣詞用字還不能拿捏得恰當，等於無法掌握基本工具。再者，一篇散文如果沒有什麼值得讀者玩味再三的真情至性，讀後轉眼就忘，這樣的散文不能算是好作品。「字詞運用」是一篇散文的骨架肌肉，「情感」有如神韻靈魂，有了這兩者，一篇散文彷彿一隻活生生的鳥，可以振翅飛翔，飛進讀者的心靈方寸之地。

第三個條件則屬可遇不可求了，不能苛責強求每一篇散文都有高超的意境。如果仍以前段的飛鳥比喻一篇散文，境界高的作品就是高飛的鳥兒，飛往九天之上。我說這樣的散文難求，是因為它須有心靈的深刻感受做基礎，王國維評南唐李後主的詞時讚稱：「詞至後主，眼界始大，感慨遂深」。王國維所謂的「眼界」與「感慨」，就是我看散文好壞的第三個條件「境界」。

以上所說的純然是個人的一己之見，不見得人人同意。有趣的是每次評審時，幾位評審委員圈選的入圍作品，各人之間重複的機會頗高：可見大家對於好的作品還是有無形的共識。比較困難的是推選第一名的作品，少有全票通過某一篇作品得第一的。也許這正應了一句老話：「文章千古事，得失寸心知」。對於能否得到第一名，就請不要太介意吧！

——八十三年七月二十九日

讀一本書

最近無意中翻閱一本雜誌，文中有一篇討論室內裝潢的文章。文中提及現在的室內布置趨勢，強調下班回到家後要休息、娛樂，所以為客戶規劃室內裝潢時，不再設計安排書架書櫥。因為書應該是屬於上班工作的地方，不屬於家庭。

如果上述見解有三分代表性的話，書本在我們的社會居然落到無「家」可歸的地步，也真夠可憐了！不過認真想想，這句話倒還真有幾分深意值得玩味。在今天的社會，自稱是一個讀書人大概已經算不上是自誇自傲，因為讀書好像不是什麼了不起的事。如果一個人沾沾自喜以讀書為榮，可能惹來一句「書呆子」的評語。是嘲諷，也是善意的憐憫。

有一天路過一個售屋接待中心，有「實品屋」供參觀，特地進去求證，看看現在的流行裝潢是什麼模樣。果然在實品屋中展示的有電視音響櫃、酒櫃、餐具櫥、酒吧檯、衣櫥、碗櫃等等，一應俱全，但就是沒有書架書櫥。據說這室內裝潢還是請國內有名的住宅設計師設計的。我的感想是在這間實品屋裡，似乎的確再也找不出地方容納一座書架了。因為有限的空間已被其他東西塞滿。

撫心自問，雖然讀過一些書，但不敢說自己讀過很多書，倒是常常為書讀得太少而慚愧、遺憾、煩惱。我常想到李敖對殷海光的評語，他說殷先生讀的中國書太少，談起中國文化來就像是建房子只有鋼筋沒有水泥。如果鋼筋是指個人的思想見解，書就是水泥，殷海光則是「水泥嚴重缺貨」。自己是否也是如此呢？

仔細想想，政府遷臺四十多年來，我們引以自豪的是由於大力推廣教育，所以才有豐富的人力資源，開創經濟成長的「臺灣奇蹟」。然而國民教育雖然從六年改為九年，甚至還要延長，各級學校與在學人口數目激增，愛讀書的人口比例是否增加了呢？

也許可以這麼說，我們雖然進學校、參加聯考、升學畢業、得文憑，但只是得到藉以謀生的技能，並不見得經由學校教育而成為「讀書人」。所以在居家生活中，為衣、食、娛樂休閒用具都準備了各式櫥櫃，唯獨沒有一席之地留給書籍。

有一種支持讀書的主張，強調人類文明科技日新月異，要是不汲汲吸取新知就會落伍遭淘汰。這種論點有些恐嚇的意味，卻也未必見效。因為很多人會說，在社會上成功的要素不一定靠知識學問。重要的是家世背景、交際應酬，甚至依靠機緣、氣運、天命、風水。因此，越發沒有書本的地位。

話說回來，住宅中有沒有書籍和書架有差別嗎？要看書可以去書店與圖書館看，或是從圖書館借回家看幾天。問題是一個有書香味的家庭，對下一代子女的潛移默化是很大的。我們中國人說「書香世家」頗有道理，因為兒童的人格與興趣可以培養，而且必須培養。如果從小養成愛看書的習慣，多半會成為一生的嗜好，也許還會傳給下一代。我的母親受教育不多，但是喜愛看書，自己買不少書，也買書給孩子們看。我從小就愛看書，多半是因為家中有書的緣故。我如今保存最久的一本書，是已故的趙君豪先生寫的遊記《東說西》，扉頁上有家母題字送給我做為十一歲的生日禮物。

現在社會上流行一種講法，說不要壓抑小孩的自我成長，應當讓孩童自由發揮。我雖然亦反對僵硬的教育方式，但是看法稍有不同：我認為為人父母者不能把孩童放在一個完全「自由」的環境裡，因為人類文明發展是傳承延續的。極端的自由就會變成孤立，與歷史一刀兩斷，每一代都得從鑽木取火重新開始。接受學校教育並非僅是學習一加二與上螺絲釘，更重要的是從書本中獲得文明的知識。迄今所知只有人類會把代代累積的知識以書本的方式保存，傳遞給下一代。這是人類可貴的特質。

學習語言也是同樣的道理，我們大多數人學習本國和外國語言，不是為了研究「語言學」，而是藉助語言工具瞭解人類文明。我的英文能力不算好，但是當我終於能夠自在地閱讀英文書報之後，感覺自己的生命彷彿多開了一扇窗，看見另一個世界。我的中文造詣也並不高明，不過讀古代文言文倒也不覺有太大困難，何況現在許多歷史典籍都有注釋。每讀古文總有無限欣喜，為我們民族的豐富遺產驕傲。我慶幸自己學了中文、英文。雖然不時髦，我仍然自稱是讀書人。

——八十三年二月十八日

舊書新箴

前輩作家徐鍾佩女士的名著《多少英倫舊事》，其中第一輯〈英倫歸來〉收錄的是刊登於民國三十四年大陸《中央日報》的短文。當時徐女士的身分是《中央日報》駐倫敦特派員，自英國返回大陸南京後，在《中央日報》寫了十五篇歸國隨感。當年負責《中央日報》社務的馬星野先生為這本書作序，說許多與徐女士素不相識的讀者都為這些短文感動得流淚，「因為他們在十五篇短文中，他們看見一位憂時愛國者的一顆心，聽到了這紙醉金迷的都市中一個清醒者的親切之呼聲」。

〈英倫歸來〉十五篇寫的是一種「對比」，對比當時的中國與英國，兩個國家方經歷長期的二次世界大戰，雖然獲得最後勝利，卻是國力殆盡、民生凋敝。然而，兩個國家的政府與人民面對戰後艱困時局的因應態度卻是截然不同，種種對比讓徐女士感慨萬千。

首先，戰後的英國並沒有被勝利的喜悅沖昏了頭，他們的食物仍然採取配給制，每個人都領有「配給證」，雞蛋每週一個，麵包、洋芋、肉類都列入配給管制，不是有錢就買得到。牛心、牛肺、牛肝等內臟不管制，但不見得買得到。徐女士初抵倫敦，友人在餐館邀宴歡迎，主人強調有特別菜招待遠客，結果是紅燒豆腐和白煮粉條。徐女士暗自嘀咕怎麼倫敦的中國人這麼小器！

徐女士入境隨俗，很快的就習慣了倫敦人的節儉。她說當時的大米在倫敦的身價有如珍珠，不准進口，除非從美國寄來，因此有米飯宴客已足以顯示主人待客的盛情。從國內來的客人造訪徐女士，她張羅煮了些稀飯。客人很有禮貌，除了稱讚外，還要再添一碗以示欣賞。徐女士悵然接過空碗：「對不起，每人只夠一碗。」

為什麼當時從大陸去英國的中國人一時不能理解倫敦人的節儉作風呢？徐女士自英返國，見到的是一個令她「眼花撩亂，張嘴結舌」的祖國。有人請她進餐館，座位已滿，中間一席正猜拳行酒令，盡是勸酒聲、上菜聲、添酒聲，一整盤菜端來又整盤端去。徐女士指著桌上一大盤紅燒肘子：「這足足抵得上我在英國一月的肉類配給。」徐女士激動地說：「這不能是我的祖國——遍體鱗傷，而又混身錦繡，病骨支離，而又塗脂抹粉。」這是何等貼切的寫照。

二次大戰結束，中國一躍而成世界五強之一，恐怕讓政府與人民都忘了自己的實際處境。其實，嚴格說我國並沒有戰勝日本，我國只是勉強拖到戰事結束。抗日戰爭的末期，日軍一個小小的先遣斥堠部隊抵達獨山，這個消息就使重慶震動，甚至考慮是否要再向內陸遷都。真正迫使日本投降的是美國的兩顆原子彈。中國入列五強實在是不副實的虛名。可嘆徐女士的吶喊，在燈紅酒綠的戰後中國是那麼渺小、那麼無力。雖然有許多純真的讀者讀了〈英倫歸來〉而起共鳴，已無助於挽救中國的命運。自古以來，先知總是講君王高官顯貴不愛聽的話，也注定了先知永遠是寂寞的，他們的聲音只是讓後世讀史者驚訝怎麼歷史總是重演。

徐女士因「對比」而生的感嘆，是許多海外遊子都有的共同經驗。說起來，有許多人是由於出國留學、觀光、經商，才從外國無形中學到了一些人生的至理，或因而看出一些國運民心的脈動。猶記年前有人自海外來臺，批評今日的臺灣彷彿南宋。這種話不易討好，甚至惹人討厭。然而展讀五十年前徐鍾佩女士寫的〈英倫歸來〉，心頭的感觸已不只於共鳴而已。

——八十三年五月二十日

宿命論新詮

英國劍橋大學的物理學家史蒂芬霍金，是當代科學界一位傳奇人物，他由於患有肌肉退化的病症，全身大部分肌肉都失去功能而癱瘓，他不但得靠輪椅代步，也不能握筆，更由於氣管開口也不能正常說話，完全仰賴一部語音電腦代言。可是物理學界認為霍金是自牛頓以來最偉大的物理學家，巧合的是他在劍橋大學的「職位」，就是當年牛頓也擔任過的同一講座教授頭銜。

史蒂芬霍金研究的領域，是所謂的高能物理，探討物質組成的「粒子」與宇宙和時間的起源及變化過程。霍金的「成名」是由於他寫了一本通俗化的科學讀物《時間簡史：從大爆炸到黑洞》，一九八八年出版後已經「暢銷」了五百多萬冊，譯為多國語文（此間也有中文譯本），誠可謂出版界的異數。有趣的是雖然該書銷售驚人，很多讀者買回去卻無法看完全書，因為雖然是通俗讀物，內容主題卻沒有一般讀者想像的那麼「通俗」。

史蒂芬霍金在一九九三年年底，又出版了一本通俗科學讀物《黑洞與嬰兒宇宙及其它散文選》。這本書與前一本《時間簡史》不同之處，它是霍金近年來演講詞、訪問稿、短文的合集，其中難免顯得重複零亂。不過這本書倒是延續《時間簡史》的主題，啟迪我們一般並非物理學家的「俗人」，以新的角度思量宇宙和人生。

《黑洞與嬰兒宇宙》中的一篇短文〈是否萬事都已預定？〉討論的主題頗值玩味。以往，人類把許多事情所以會發生的原因委諸命運；近年來，時髦的名詞是「遺傳基因」，有人酗酒，我們說那是因為他的遺傳基因命定他愛喝酒。延伸之，有人作奸犯科也是遺傳基因使然。霍金質疑如果某人命中注定去搶銀行，為什麼要受罰呢？他實在是身不由己啊。

霍金在文中以量子力學的觀點來解釋「預定」、「預知」的問題，他說生物（例如人類）的行為為何難以預測，是因為像人類的腦細胞可能多達數百萬個之多，雖然掌控一個細胞的物理定律很簡單，兩三個細胞的動態就只能求得近似值，數百萬個細胞的動態就幾乎無法預測了。所以，雖然我們可以知道掌控腦細胞的基本定律，卻無法運用來預測人類行為，因為無法解出涉及龐大數量粒子的方程式。

討論過實際預測命運的困難，霍金在文中進一步討論「預定」與「預知」的哲學意義。他提出幾個問題，其中之一是：「複雜的宇宙及其中瑣碎的細節，如何能以一系列簡單的方程式預定？」換言之，「神」是否能預定人生的瑣碎細節，如誰會是下期雜誌的封面人物等。霍金說我們的宇宙如果是依照量子力學的規律，宇宙並不只有一個歷史，而是一系列可能的歷史，我們乃是活在其中之一特定的歷史過程中；各個可能的歷史過程，各有不同的瑣碎細節。這是因為量子力學的基本性質就是「不確定性」或說「逢機性」，瑣碎細節的形成乃是由於這種逢機性質。

因此，從霍金提出的這個角度看，是否萬事都已預定？答案是肯定的，萬事都依量子力學的規律預定了軌跡，但是這個規律裡包含了逢機的不確定性質，因而並不排斥種種可能的瑣碎細節。

換個角度看，也可以說萬事並未預定，因為我們恐怕永不可能知道什麼是「已經預定」的！

因此，對於古今中外圖讖預言的意義何在，也許不須太費心去考證研究。值得社會重視的，倒是歷史上多在動亂戰禍發生之前，民間預言歌謠異兆之風盛行，這乃是民心浮動不穩的跡象。民心搖擺不安，起因於社會公理不彰、法紀蕩然、小人倖進、賢良貶抑，所以人民對於前途感覺茫然不可依恃。穩定民心的途徑，恐怕不是政治人物公開進廟燒香拜神，而是回到孟子見梁惠王的那句老話：「王何必曰利？但曰義。」

滔滔亂世中的知識分子

最近隨興閱讀一些新舊書籍，有兩本書——或說兩篇文章——引起頗多感觸，其一是邵玉銘教授的〈試論本世紀中國知識分子問政之立場與態度〉（收入邵先生的《文學．政治．知識分子》一書）；另一篇是作家陳映真先生的〈十句話〉（收入隱地先生編輯的《備忘手記》一書）。

邵玉銘教授學人從政，曾經出任行政院新聞局局長，所學橫跨歷史與外交兩個領域，對於中國歷史讀書人「家事國事天下事，事事關心」的傳統，自是並不陌生。在這篇討論當代中國知識分子立場的長文中，邵先生分別就大陸、海外、臺灣三個地區，討論知識分子對於政治的態度。對臺灣地區的知識分子，邵先生提出幾點觀察心得：

一、強調民主而不強調光復故土；二、愛國意識減弱，功利主義大興；三、多責於人而少求諸己；四、文風尖銳急切。

這幾點現象，每一項都是切中時弊，顯示作者觀察入微。只不過這些現象背後的意義與原因，不同立場的人看來，有迥異的詮釋與辯解。今天臺灣社會動盪不安的因素固然很多，但不可否認的，其中最大的爭議是圍繞著「國家認同」這個主軸。邵先生的宏文完稿於民國七十六年，文中說：「雖然不少人對大陸的錦繡山河興趣尚濃，但對大陸的人與事則興趣欠缺，有時提及大陸，好像是另一個國家。大家似乎缺少了那種血濃於水的同胞愛，對國家長遠生存，亦少具體構想。這種保臺重於復國的偏安心態，實不足取。」對比今日民國八十四年的臺灣社會，「臺灣優先」、「愛臺灣」、「臺灣人選臺灣人」等口號，常可見於近年來的選舉競選活動之中。一個以全中國為己任的政府與社會，在短短數年之間，急遽轉變為「地方化」的格局。不知邵先生與其他同樣感時憂國的知識分子，展望當前臺灣政局，可有今朝何夕的感慨？

邵先生文中對臺灣知識分子的後兩項批評，大抵屬於個人修養的範疇。歷史上的知識分子難免有優點也有缺點，個人倒認為中國歷代知識分子缺點之一，就是「尚同」，以今日政壇術語來說，亦即「西瓜偎大邊」。

我個人以為知識分子在亂世中不但不該追求「尚同」，並且要懷著戒慎恐懼的心情慎辨亂世裡的時尚意見，因為讀書人的視野與心胸應該比社會上一般人來得深遠廣大，越是在亂世越應有「讀桃園，誦板蕩」的定力，不為一時一地的掌聲與喝采而阿世媚俗。所以我們應當坦蕩直言：今天雖然侷處臺灣一隅，仍然應該胸懷神州大陸；雖然海峽分隔對峙近五十年，也不可因此自外於中國。我們思考的尺度，是上下縱橫五千年；我們的瞳孔，觀照的是民族生存的全部領域。這種態度，正是受到「讀聖賢書，所學何事」古訓所激勵的歷代中國知識分子秉持的光榮傳統。從這個觀點看，作家陳映真先生的〈十句話〉在今天讀來，著實展現了「亂世不苟同」的可貴特質：

> 政客們說，臺灣不是中國的領土，要藉公民投票來決定。文學家說，臺灣文學不是中國的文學，「臺灣話」不是中國話。可敬的學者歌頌日本殖民臺灣的歷史，原因是日本統治使臺灣脫離了中國……而對於這沸沸揚揚，沒有一個學人秉良知和真理發出駁論。曲學阿世的學風，浪捲袞袞然一世PHD們。
>
> 你懦弱地緘默，以臉上卑怯的笑容掩飾心靈深處的恐懼；你跟著附和句句鞭笞你出生

尊嚴的狂言，甚至到電臺辱罵你自己的祖鄉和宗姓……啊，你不敢挺身而出為自己的出生保衛起碼的尊嚴，勇敢地同反民族的勢力鬥爭！

夜深人靜，伏案展讀映真先生的肺腑真言，雖然冷冽寒流侵襲，仍然感覺澎湃熱血洋溢心頭。亂世衰世，不但考驗世道人心，也是檢驗知識分子的良知與勇氣。我們的每一句話、每一步腳印，後世都要評價。國家統一或分裂的大是大非之前，豈能模稜兩可？

——八十四年一月二十日

請珍惜《孫子兵法》

一九九一年中東「沙漠風暴」戰爭爆發前夕，美國《華爾街日報》從沙烏地阿拉伯發出一則報導，據說駐守該地的美國海軍陸戰隊官兵，人手一冊《孫子兵法》。這則外電引起了當時尚健在的兵學耆宿俞大維先生的注意，特地請羅順德將軍在短時間內編撰出一本含原本文言文、白話譯文、英文譯文等三種文體對照的讀本。俞先生還請當時的國防部陳履安部長「廣印分發」給國軍官兵閱讀。

《華爾街日報》當年到底是怎麼說的？所謂「人手一冊《孫子兵法》」是不是連炊事兵也有一冊？不過這些姑且不去詳究，一個不爭的事實是今天的美國軍人在面對現代高科技戰爭時，仍然認為兩千五百年前中國的《孫子兵法》值得參考。

我不懂軍事戰略，讀《孫子兵法》十三篇，乍看之下五千多字講的是有趣的戰爭「常識」，然而其中頗有深意，例如第九篇〈行軍〉一節，描述路上塵土高而尖，是敵人戰車來；路上塵土矮而寬，是敵人步兵來；路上塵土散亂成條狀，是有人在打柴砍樹。這都是老兵的經驗之談，難得的是孫武能在那麼早就把戰爭經驗彙整分類。在第七篇〈軍爭〉篇裡，孫武討論兩軍會戰前如何取得先機，他總結這一篇時這麼說：「故用兵之法，高陵勿向，背丘勿逆，佯北勿從，說卒勿攻，餌兵勿食，歸師勿遏，圍殲必嚴，窮寇勿追，此用兵之法也。」這更是用兵打仗的上上經驗之談。無怪乎明朝有人評《孫子兵法》，說《孫子》以前的兵學理論之言，《孫子》一書沒有遺漏的；《孫子》以後的兵學理論著作，不能不提及《孫子》一書。這真是對孫武的最高讚美之詞。

孫武之後的中國歷代將相練兵用兵，他們的思想都受十三篇《孫子兵法》的影響，勝負之間只是臨敵之時的運用巧妙各有不同。例如整本《三國演義》中處處可見孫武的影子，當諸葛亮揮淚斬馬謖時，說的就是：「昔孫武所以能制勝天下者，用法明也。今四方分爭，兵交方始，若須廢法，何以討賊耶？合當斬之。」諷刺的是馬謖以「自幼熟讀兵書，深知兵法」自豪，去街亭下寨安營時猶引用《孫子》與副將王平爭辯。一代奸雄曹操甚至為《孫子》一書寫注，流傳後世。看來曹操的老謀深算其來有自。

近年來我們在臺灣的中國人在物質生活方面頗為富裕，唯獨在文化層次的成績不怎麼出色，甚至於「禮失求諸野」，必須從國外回頭發掘我們中國老祖宗的遺產。據說日本也很重視《孫子兵法》，視為商業競爭的教戰法則，坊間出了不少詮釋《孫子》的著作，我們趕緊再譯成中文出版。事實上，《孫子》在臺灣再受重視，也是多虧俞大維先生得知中東美軍人手一冊之故。現在沙漠風暴戰事已止，我國官兵讀《孫子》的熱潮是否也消退了？

建議國防部參謀本部有計劃的整理編印《孫子》與中國歷史上其他的著名兵書經典，以具體的辦法鼓勵三軍官兵研讀。舉辦讀書會、徵文比賽、撰寫讀後心得等等都是可以參考的途徑。並且這類活動要擴大推廣到基層連隊，形成全軍上下一股持續的讀書風氣。軍人執干戈衛國家，讀兵書是天經地義的道理，何況讀的是我們老祖宗的兵書戰策。現階段國軍建軍過程步履維艱，戰機、軍艦、大砲都必須向國外採購，但總不能等到有一天必須從美國、日本請「教官」來教我們《孫子兵法》吧？畢竟就如同孫武在書中開宗明義說的：「兵者，國之大事，死生之地，存亡之道，不可不察也。」

——八十三年五月十三日

宗教與人類希望

天主教的教宗若望保祿二世，最近出版一本他個人的著作《跨越希望的門檻》。據新聞報導，這本書於一九九四年十月出版，已經譯為二十一種語文，在世界多國發行，臺灣地區也於最近發行了中文譯本，是由楊成斌神父翻譯，吳新豪神父校訂。

這本書是教宗針對義大利記者提出的問題，逐條以書面作覆，再經補充、修正等編輯工作才出版，所以比一般新聞化的短暫採訪更能代表教宗的個人信念及天主教教會的立場。

我認為此書的中心思想在於耶穌的名言「不要害怕」。教宗在書中自敘當他於一九七八年就任時，在梵蒂岡廣場向群眾致詞時也說「不要害怕」，日後在許多場合常常回憶起這句話。他認為這句話可以應用於廣闊的時空中，「這勸告是向所有人說的，勸人要戰勝目前世界的恐懼。」

教宗對於一些「尖銳」的問題也作了「不要害怕」的答覆，例如當問到如何面對一個不爭的事實，就是全世界信仰基督的人，「特別是天主教徒屈居少數，甚至還在縮減。」他的答覆是引用《聖經》中耶穌的兩句話：「小小的羊群，不要害怕！因為你們的父喜歡把祂的國賜給你們。」「人子在末世來臨時，在世上還能找到信德嗎？」教宗的意思是真理並不一定存在於「大多數」中，所以信徒人數雖然日益減少，教會代表的「小小的羊群」也不要氣餒。信仰基督的人本來就不一定是「多數」。

教宗也特別提到青年人，他說：「在青年人的身上有一種為了善、為了創造之可能性的無限潛能。」他認為青年的基本問題是「深刻的人生問題……應知道他們生活的意義就在於，能夠為別人成為一種無條件的奉獻，一切聖召的源頭就在這裡。」

個人始終認為，所謂基督的「福音」並非只是宗教範疇的事務。接受福音意味著領受從上天而來的聖召，呼喚自己為世人奉獻心力。青年人的生命清新，生活單純，我們不但應該保護他們的心靈免受污染；另一方面，更應積極地啟發青年人的潛能，培養遠大的胸襟與抱負。這種抱負，不是做大官，而是要做大事，為社會為人類服務。其實，也就是在這個基礎上，必須檢驗宗教的現代意義是什麼。

教宗呼籲教會需要了解青春是什麼。這實在是值得所有「建制化」的宗教共同省思的課題。幾個歷史悠久的老大宗教，都必須面對可能陷於傳統禮儀規章的泥沼中無法自拔的困境。面對日新又新的社會，教會是否有更新的自覺與能力？教宗最後以發人深省的話提醒讀者：基督不僅活在兩千年前，祂也同時活在今天，「基督在世紀推移中，與每一代、每一個人同行，祂以朋友的身分與每一個人同行。」如果宗教信仰不能給予信徒這樣的承諾，如果信徒沒有這樣的信心與體驗，這個宗教就要岌岌可危了。

作為一個現代人，我雖然信仰教宗所崇奉的耶穌基督，但不能接受天主教執著的一個教條，就是堅持今日的梵蒂岡教宗乃是兩千年前使徒伯多祿的繼承者，也是普世教會和信徒的精神領袖。這個所謂「使徒統緒」的概念，教宗在書中並未觸及，只是略略引用天主教大公會議的宣言：「如果明天天主藉耶穌基督所創立的天主公教，為得救必經之路，而不願加入，或不願在教會內堅持到底，便不能得救。」

問題的關鍵，在於許多人（包括我自己）相信「教會」是一個無形的概念，有形的組織不是絕對必要的；信徒之間容或有長幼之分，有前輩與後進的差別，卻不宜宣稱某人是繼承兩千年傳統的領袖，要求普世教會與信徒服從他的領導。

期盼教宗與教會「不要害怕」改變，畢竟這是教會歷史上許多人早已質疑的問題，遠者如馬丁路德暫且不論，近者如一九八九年，德國天主教神學家與神職人員四百多人聯署發表的「科隆宣言」，本質都是質疑梵蒂岡教廷的權威性。這並非僅是關於教會信徒人數多寡的問題，而是青春的問題、是希望的問題！

——八十四年一月二十七日

現代讀書會

最近應邀參加一個推廣書香社會的座談會，這是由中華文化復興總會臺灣省分會主辦，中廣公司與臺灣省新聞處協辦的活動。一共有十二位來賓出席，大家熱烈發言，流露出對於社會文化風氣的關切之情。

來賓中有兩位是「讀書會」的創辦人，他們的經驗之談充滿酸甜苦辣，聽來格外有趣。臺中市的林錦山先生是一位律師，他是「七七讀書會」的創始會長；「七七讀書會」成員讀的書，偏重在與企業經營管理有關者居多。這幾年，這個讀書會的成員常到一些場合推廣介紹他們成立讀書會的經驗。竹山來的「蕃薯媽媽讀書會」執行長朱戈婷女士，講述她在竹山成立讀書會的經過，要比城鎮都市困難得多！鄉下婦女較羞怯，不太敢在公眾場合發表意見，要請她們看了一本書再發言討論，實在不容易。

說來很巧，就在我接到出席「書香社會」座談會通知的時候，也接到一通電話，邀我出席一場「讀書會」！甫自臺灣省教育廳退休的熊智銳先生在電話中告訴我，他與夫人在社區負責主持一個「讀書會」，每兩週聚會一次。最近他們票選拙作《生命旅途中》散文集為閱讀的書，預定閱讀討論三次，熊先生希望我能出席第四次聚會，現身說法與大家對談。我聽了真是受寵若驚，也很好奇這個讀書會是如何運作的。

熊先生主持的讀書會，是由省立圖書館支持，地點就在圖書館的分館舉行。我參加的當晚，共來了二十多位讀書會成員，有的是像熊先生夫婦一樣退休人士，有的則是社區的年長媽媽與年輕的職業婦女。熊先生首先報告過去三次曾有二十四人次發言，對拙作顯然有不少迴響與疑問。當晚又有十二人次發言，我也有機會與讀者對話，談自己寫這本書中短文時的心境感觸。真是一個歡悅的夜晚。讀書會要想辦得成功，必須有肯付出的領導人為大家服務。其次，參與的成員要肯讀書、肯發言、肯質疑。如此，讀書會才能辦得有聲有色。

從以上的讀書會，不禁聯想起自己從小到大參與的一些宗教團體。由大家讀一本書然後一同討論，實在是維繫一個小團體的最簡便方法。基督徒通常是讀《聖經》，名為「查經」，分組時則稱做「小組查經」。教會多年來自然發展出一套讀經查經的門徑，後來又有不少新的查經方法推出，教會甚至還舉辦查經訓練，組訓帶領查經的小組長。

教會的讀經查經活動，當然也算是「讀書會」，只是信徒把《聖經》看做一本從神而來的啟示性「經典」，其神聖與正確性不容質疑。讀經，是為了從字裡行間探索神的真正旨意。大夥在這種心境下讀《聖經》，似乎少了一點活潑自由的氣氛。

其實，《聖經》的篇章何嘗不能看成一部史書，只是這部史書著重在描述天人之際的經驗。既是史書，就宛如一面鏡子，不僅反映出歷史中的美醜善惡，也反映了先民歷史的局限性。所以我讀《新約聖經》，頗覺使徒保羅之有趣，例如，他不許婦女在聚會中講話：「婦女在會中要安靜，她們不可以發言，……如果她們想知道什麼，可以在家裡詢問丈夫。婦女在聚會中說話是不體面的事。」保羅還要女信徒在公共場合禱告時須蒙頭。這些經文都讓後世信徒與解經學家困惑不已，不知該如何解釋。有人長篇累牘為保羅的見解辯護開脫，引經據典，卻不見得服人。

我的看法是保羅的立論，純粹是那個時代裡他個人對婦女的偏見，《聖經》忠實反映了初期教會的摸索發展過程。保羅當時所說的，並不代表永恆不變的人生真諦，更非此時此地須服膺遵守的，後人何須辛苦為保羅辯護？如果我們以開放的心情讀《聖經》，會不會使得「查經會」更像有趣的讀書會？一切宗教經典是不是都可以如此看待？

——八十三年五月六日

朝鮮半島的詩魂

韓國詩人金廷堤一九〇二年生，一九三四年逝世，在他短暫的三十二年塵世歲月，寫出一百餘首詩，以筆名金素月發表。在韓國，金素月的詩篇相當受歡迎，是一位大眾化的詩人。

我首次得聞金素月的大名是一九九二年秋天，代表「臺北筆會」出席在南韓漢城舉行的亞洲筆會會議，並發表一篇簡要的演講。當時正值南韓政府與北京建交，我方與南韓的各種關係一時相當低迷，然而經過考量與磋商後仍然照常赴會。在漢城結識了不少亞洲各國作家，尤其讓我驚訝與感佩的，是許多與會的作家紛紛請我代向臺北筆會的殷張蘭熙女士致意問候。殷張蘭熙女士年來承擔筆會業務，兼主編筆會季刊*CHINESE PEN*，英譯臺灣的文學作品，在世界的文藝圈中默默地為我國作了不少國民外交。

漢城筆會會議的一個晚上，在晚宴中有一段小小的儀式，就是請特地自臺灣來的女詩人張香華女士，接受韓方的表揚，感謝她將金素月的詩選譯為中文出版。張香華女士曾當眾朗誦一首金素月的詩作，我孤陋寡聞，那是第一次聽見金素月這個詩人及他的作品，經詢問鄰座韓國友人，方知金素月在南韓民間的「普及性」。返回臺灣後，不久就收到張香華女士寄贈的金素月詩選中譯本《踐踏繽紛的落花》，使我有機會細細品味這位韓國詩人的詩作。

據張香華女士在譯本中的介紹，金素月詩作的特色，須從當時是日本殖民地的韓國背景解讀：在日本占領下的韓國詩壇流行頹廢浪漫的思想，「只有金素月歌頌情感，讚美自然，又用民謠體寫詩，很容易被人接受。」綜覽《踐踏繽紛的落花》，發現金素月的文筆樸實，詩句不引經據典，頂多引用山川之名，卻深刻反映了詩人對生長土地的依戀。其實，詩中引用的不僅是山川之名，山川花草乃是詩人寫詩的引子，下面這首〈江邊小村〉就是最好的證明：

入夜之後，月亮昇起
江水拍擊白色浪花
江邊金沙閃閃發光
新郎騎在騾背上

看哪，這江邊小村
我這孤獨的旅人啊！
能分享你的喜慶
為你永結同心的幸福？
不禁喜極而泣
趕路遲遲的我啊！
孤獨的流落在
這江邊小村

個人一直認為「詩」是文學形式中，對語言文字的要求最高最嚴格；同時，詩作受到音韻的影響，不容易傳譯為外國語文。因此，金素月的另一首作品〈山有花〉，雖然銘刻在漢城南山的詩碑上，堪稱為金氏的代表作，但是我讀中文譯作卻難以感受這首詩的特殊性與偉大之處，未有共鳴。倒是一首以懷鄉為主題的〈朔州龜城〉，它的內含主題是每一個異鄉遊子夢魂牽繞中的故鄉，描述的仍然是山川：

……

朔州龜城，遠在

六千里的關山外

夢裡，走過四五千里

卻仍滯留在原出發地

……

這樣的夢境何其單純，何其真實，夢裡不知身是客，在這戰亂恩怨未了的年代中，山川詩人金素月，是朝鮮半島的不朽詩魂，寫出了普世遊子的心聲。

——八十三年十二月十六日

鳥兒唱的是什麼歌？

據說現在由於飼養貓狗小動物的家庭日益增加，連帶地使獸醫行情看漲。在街上甚至可見寵物的美容店與寄宿「旅館」！

我自己成年之後尚未養過任何寵物，不過曾經有一本書幾乎誘使我想飼養小動物。這本書是奧地利動物學家勞倫茲寫的《所羅門王的指環》，此間有游復熙與季光容合作的中文譯本，東方出版社出版。

這本書的主題是「動物行為學」，但作者寫得非常生動逗趣，是一本少見的佳作。勞倫茲企圖引導讀者發現動物世界的神秘與趣味，他為人類與動物搭起了一座橋樑，作法就是把動物的行為加以「擬人化」，例如下面這一段是勞倫茲敘述他飼養在屋內自由行動的一窩「金鼠」：

每當牠快快跑來，好像有人推著牠似的，或者當牠突然站住，好像地板上豎起的一根小柱子，耳朵聳起，眼睛突出，像煞有介事地察看四週的危險時，都會引起一陣善意的大笑。

在勞倫茲筆下，這窩金鼠就像是一群淘氣的小孩。

也許讀者懷疑：把動物行為加以「擬人化」的詮釋，是否僅係人類的「一廂情願」？勞倫茲自己在書中也提出這個問題，但他同時提出答覆，認為如果我們在動物的行為中發現了「人性」，那不過說明了人與動物有共通的地方。

關於動物行為，我們人類最好奇的，大概就是動物究竟有沒有類似人類的語言能力？其次，人類能不能與動物對話？勞倫茲在這方面的觀察非常深刻。他曾經養了一隻大烏鴉，取名「若啞」。他觀察發現每當若啞要呼喚其他鳥兒與牠同飛時，牠會低空掠過那些鳥群，喉中同時發出嘹亮尖銳的叫聲──「克娃克娃克娃克」。有時候若啞也想招呼勞倫茲同行，牠飛掠過勞倫茲時則改口發出「若啞」的喊聲。若啞是如何判斷何時該發出「若啞」而非「克娃克娃克娃克」的聲音呢？

勞倫茲曾經同時養了十四隻「穴鳥」鳥，其中兩隻年齡最高的雄鳥顯然是領袖。這兩隻雄鳥經常忙碌招呼其他幼鳥，一個口令是呼喚鳥群齊飛：「起呀」是向外面遠處飛，「起哦」是回家的意思。勞倫茲發現過境的穴鳥僅有「起呀」，沒有「起哦」的喊聲。可能的原因是過境的鳥群沒有「家」的觀念，這十四隻鳥卻有籠子做夜間的家。

有一天發生了神秘的悲劇，鳥籠破了一個洞，兩隻穴鳥死在籠中，其他的鳥兒都失蹤了，三天之後才飛回一隻母鳥——「紅金」，她曾經是這群鳥的母后。

紅金回家後每天只是站在風信雞上唱歌，歌聲中透出憂愁與傷感，牠用各種腔調反覆喊唱「起哦」(回家)，彷彿正在招呼失蹤的鳥兒歸來。我讀到這裡，覺得這不是一段「擬人化」的故事。也許懂得禽獸的「語言」未必是件愉快的事呢！

這本書為什麼叫《所羅門王的指環》呢？因為根據以訛傳訛的傳說，《聖經》中的所羅門王有一隻神奇的戒指，戴上它就可以和鳥獸蟲魚對話。這麼看來，本書就是那魔戒，藉著它可使我們以一種新眼光觀看大千世界，特別是聽聽鳥兒紅金的孤伶伶歌聲，聽牠是如何敘述那段憂傷往事。

——八十二年六月二十五日

輯四

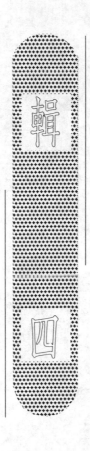

在求中國之自由平等

公元紀年的一月一日俗稱元旦，也是我國的「開國紀念日」，因為一九一一年辛亥武昌起義成功，次年元旦中華民國正式肇建。史載當年開國典禮上有一副對聯，意義深遠重大。

浩浩長江，流不盡我族四千八百餘年無量辛勞無量血

茫茫震旦，要爭個全球千百餘萬方里自由民意自由魂

這副對聯道盡「國民革命」與以往改朝換代的「英雄革命」在本質上的差異，英雄革命常見的模式，是出身草莽的「英雄」，因緣際會取得政權，搖身一變成為真命天子，國號隨之更改。這當中少不得穿鑿附會一些神話傳奇色彩，藉以襯托真命天子「天命不可違」的正統

地位。例如漢高祖劉邦本是一介「亭長」，傳說他「提三尺劍，斬蛇起義」。斬蛇的那天晚上，劉邦夢見老婦夜哭，謂其子本係白帝（蛇）。被赤帝所殺，劉邦即為赤帝化身。

國父孫中山先生領導的革命，不是委諸於氣數天命，建立的不是「家天下」的個人王朝，乃是「讓四萬萬人做皇帝」，所以我們的國號「中華」代表的是整個中華民族，就是「中國」；「民國」代表這是一個民主體制，不是以個人為中心的帝制皇朝。孫先生更在民國初建時期，就為了展現天下為公的誠意，毅然將大總統之位讓與袁世凱。可惜袁世凱未能理會　國父領導「國民革命」的真諦，日後搞出一個稱帝的短命鬧劇。

國父遺囑的頭一句話：「余致力國民革命凡四十年，其目的在求中國之自由平等」，道出了孫先生畢生的志業事功。他的革命，不是為求廣東一隅的自保，乃是涵蓋全中國的疆域；他的革命，不是為求一家一姓的富貴騰達，是為追求全體中國人的自由平等。中央研究院院士金耀基先生曾說，今日在臺灣、香港、大陸三地的中國人社會及海外華人中，只有孫先生能為人共同接受與尊敬，並且孫先生的學說日後會受到大陸知識界更大更深的共鳴。因此，我們可說，未來國家的統一還是要以孫先生的思想學說為基礎。

今天我們處於這個島上，「中華民國在臺灣」，隨著時光遷移，政府與社會各界的視野日益縮小，僅僅局限於臺澎金馬，極其欠缺觀照整個中華民族生存領域的眼界與胸懷。

最近報紙揭露美國前國務卿魯斯克回憶錄內容，老蔣總統來臺後的確曾幾度試圖反攻大陸。誠然，蔣介石先生領導撤退來臺的是中華民國的中央政府，他不是想來臺灣割據自保；他與國父一樣，至死都是以全中國為念。只是時勢所迫，一年復一年，竟未能完成素願。但是老蔣總統未曾想要終老臺灣，至今他的靈柩仍然只是「暫厝」慈湖，並未入土為安，將來終要歸回大陸。這不但是天倫常情，更是高超的民族情感，有何可誣衊之處？反觀今天部分人士以二分法區隔臺灣社會，動輒以對臺灣土地及人民效忠為口頭禪，好像愛臺灣就不能愛大陸？那麼澎湖人如果渡海到高雄謀生，是不是就得忘記澎湖以表示對臺灣的「死忠」？更不應該組織「澎湖旅高雄同鄉會」了？

須知臺灣並不等於中國，這個國家的國號如果還叫做「中華民國」，眼界就不能局限於臺澎金馬這三萬六千平方公里土地，因為這個國家的立國先賢，是要在一千一百餘萬平方公里山河上，承擔四千八百多年民族列祖列宗之付託，開創一個國民革命的新局。因此，當前的大陸政策不能只是消極保守的防禦性政策，必須以積極踏實的態度為國家的統一開創遠景，求全中國之自由平等。

——八十三年十二月三十日

修憲時節憶適之先生

國民大會又要集會了，國大代表們要修憲，憲政改革工作要到何時才暫告一段落？誰都沒有把握。「修憲」成了國民大會常態、長期的任務。憲法經常性的修改增刪，使其做為國家根本大法的穩定性為之動搖，當中利弊得失已有許多讜論忠言剖析再三，近者如憲法學者胡佛教授在報端發表長文力陳修憲的幅度宜小，行政院長副署權不宜刪減等等，以避免名為修憲，實質上成了制憲。

大家都知道，我們中華民國的這部憲法是民國三十六年年底公布實施的，當時對日抗戰方結束，勦共戡亂戰事隨之而起，中央政府於三十八年遷臺。在南京召開第一屆國民大會第一次會議時，報到的國大代表人數是二千八百四十一人，他們並未全部隨政府遷臺。民國四十三年在臺北召開第二次會議，出席者銳減為一千五百七十八人；民國四十九年第三次會議，再減為一千三百零五人。

國大第三次會議的主要議題是蔣中正先生兩任總統屆滿是否可以連任：當時為求鞏固領導中心，許多人士主張修改憲法規定總統只得連任一次的條文。要修憲，則不能避免如何面對憲法規定國民大會總額計算標準的問題。若以依法應選出代表人數為總額，很顯然的，在臺灣的國民大會不足法定人數，沒有權力更動憲法一個字。

民國四十九年的困局，由於大法官會議衡諸「當前情況」，對於總額解釋為「能應召在中央政府所在地集會」之代表人數，使得憲法（臨時條款）能順利修改，也使得先總統 蔣公得以持續連任總統。

今日回顧民國四十九年的國大修憲經過，當時也有許多人士紛紛建言疾呼憲法不宜修改、總統不應連任。他們的論點，不盡是反對蔣中正先生本人，而是著眼於大局，中華民國政府不應自毀作為全中國合法政府的立場。一部由全中國人民（包括臺灣）產生的憲法，沒有理由只由中央政府在臺灣一省加以更動。

已逝的胡適之先生時為國大代表，曾對記者發表一段措詞非常明白的談話：「我堅決反對修憲，當年，我曾親手把中華民國憲法交給蔣先生接受。今天，我希望看到它完美無缺。」

胡先生和其他持同樣反對意見的人士一樣，是不忍為了權衡一時一地一人的利害，而自毀國家百年千秋大業的基石。展讀適之先生的日記，觀照對比近幾年來的國大修憲，益發懷念前人的遠見，益發感憂國事之蜩螗。

我們的憲法由於甫公布即碰上國共內戰，政府遷臺後又以戡亂時期臨時條款凍結了原憲法的許多精神本意，嚴格說中華民國憲法還沒有完整實施過。現在的政府於民國八十年解除戒嚴，許多人士曾剴切呼籲終止臨時條款後，應回歸憲法。無奈結果是又添加一個「憲法增修條文」（意義有如臨時條款），在這個「增修條文」中，對憲政體制作了許多「手術」，例如國安會法制化，例如監察院改為「準司法機關」。李鴻禧教授曾在報章敘述，他有一次出國參加國際法學會議，看見各國學者指著我國修憲將監察院改為準司法機關而訕笑不已。事實上，我們的修憲已不只是可笑的問題，而是牽一髮動全身，必須一修再修，甚至演出前一陣子立法院、行政院、總統府聯手以頗為可議之手段迅速完成國安會法制化的程序。凡此種種，都使我們在臺灣民主學步的歷程更為艱難，因為這一切作為乃是間接損毀了民眾心目中憲法的尊嚴。所謂法治的社會並不是有法律而已，更是強調尊重法律的完整與尊嚴；國家沒有亡於異族，沒有毀於革命，為何經常修憲？執政黨與在野黨可有一人能清楚指出，民國三十六年公布的憲法有哪一條不適用於臺灣「當前情況」？更重要的，我們在臺灣如此對待一部全中國人民通過的憲法，對於臺北政府在中國統一進程的主導地位是得是失？值得海內外中華兒女仔細思索，更值得今天臺灣的政治人物慎重考量。

——八十三年四月二十七日

長城外面是故鄉

馬上就是九一八紀念日，民國二十年九月十八日那天深夜，日本軍隊藉口一名士兵走失，突然砲轟瀋陽「北大營」我軍營區，史稱九一八事變，掀開了日本十四年侵華戰爭的序幕。

對日抗戰是中華民族近代史上極重要的一段過程，象徵我們民族在世界列強壓迫下「求中國之自由平等」，要擺脫自甲午戰爭以來「人為刀俎，我為魚肉」的民族恥辱。抗戰期間美國首先與我國簽訂平等新約，乃是國父遺囑「廢除不平等條約」願望的實現。

對日抗戰的另一層意義，是它促成了我們民族的團結、融合。民國二十六年誕生的愛國歌曲「長城謠」，在短時間成為全國耳熟能詳的一首歌；地無分南北，人無分老幼，所有的中華兒女都在吟唱「萬里長城萬里長，長城外面是故鄉」。乍聽之下是不是有點荒謬？因為應該只有流落關內的東北人才有資格唱「長城外面是故鄉」，四川人、上海人怎麼能說故鄉在長城外面呢？事實是這首「長城謠」不僅是東北人的專利，它反映了全民在日本侵華暴行下的共同心聲。「長城外面是故鄉」的意境昇華了，長城外面的確是故鄉，是四川人、上海人的故鄉，是你我所有中華兒女的共同故鄉。

許多抗日愛國歌曲都有類似的意境，這些膾炙人口的歌曲，凝聚了全民的意志，艱苦抗戰到底，粉碎了日本「三月亡華」的狂妄夢想。此所以日本雖然在戰爭期間一再鼓動扶植滿洲國、冀察自治政府，乃至汪精衛的偽政府等等，並未動搖全民抗戰的決心。中國人在抗戰期間有單純的體認；只有一個中國，中國正遭受日本侵略；中日戰爭不是局部性的軍事衝突，而是一個國家瘋狂侵略另一個國家的全面戰爭。中國共同的命運無法分割，一寸江山一寸血，所以地域差異、省籍情結在民族浩劫之際變得都不重要了。

是基於這種體認，中國青年在抗戰期間，完成了繼建立民國與北伐統一之後的再一次大結合。抗戰後期全國知識青年熱烈從軍，正是這種精神的具體表現。當時投筆從戎的青年人，他們也有個人的夢想，也曾規劃憧憬前程美夢，但在「抗戰」的呼召下，他們換上了戎裝，冀圖以血肉之軀保衛家鄉，保衛全中國，如果說今天我們民族的自由是建立在無名英雄的血路上，這不是八股，而是鐵一般的事實。秋祭國殤，我們應當感恩，緬懷先烈的犧牲奉獻；

我們可以驕傲，因為忠烈祠裡供奉的不是像日本「靖國神社」中那樣的侵略者，今天回顧一個甲子以前的九一八事變，不能忽略這段史實的意義。

說起來可嘆，今天在臺灣常聽見「生命共同體」這個名詞，可是部分人士以為「地域」是生命共同體團結的基礎，想將目前中國分裂的問題約化為「臺灣對抗大陸」，有這種意圖的人士，實在是太缺乏歷史知識了！人不是植物，人是可以遷徙移居的高等生物，不受狹隘的地域條件所局限。清朝的湘軍十二營來臺灣抵抗外侮，他們不是為了來這裡落籍定居才英勇作戰乃至捐軀陣亡。他們是湖南子弟，原本仍要回歸湖南。三千湖南子弟在這個島嶼奮戰至死，是因為認同這裡是中國神聖領土。他們狹義的家鄉在湖南，但在臺灣陣亡也是死在廣義的家鄉「中國」，可謂死得其所。試想如果那批湘軍也有根深柢固的狹隘地域觀念，應當是留在大陸保衛湖南吧？抗戰期間如果國人也抱持狹隘的地域觀念，早就被日本打敗了，因為長城外面豈是四川人的故鄉？

——八十三年九月十六日

甲午詩章哀國運

一八九四年甲午戰爭爆發，滿清的北洋艦隊不但海戰敗給日本，連經營十餘年的「北洋精華」旅順港也被日軍占領。這一戰，導致來年中日簽訂《馬關條約》，滿清割讓臺灣給日本。

旅順位於遼東半島，李鴻章經營多年，建設成一個堪稱「固若金湯」的軍港，是北洋艦隊的基地。然而，就像二次世界大戰時歐陸的馬其諾防線一樣，納粹德國的精兵兼程繞道而行，迅速攻克法國，馬其諾防線並未發揮作用。日軍在甲午一役，看準了旅順港的正面防禦工事非常堅強，所以在旅順背後登陸，先取大連，再循陸路揮兵直搗旅順，激戰三晝夜終於攻陷，雙方勝負乃定。

清朝廣東梅縣人黃遵憲，身處甲午戰爭的時代，寫了一首詩〈哀旅順〉為旅順之役作證。他在詩中先描述旅順依山傍海、龍蹯虎踞的天險形勢，再寫當時列強覬覦中國的野心，但都被險峻的海防形勢嚇阻。無奈最後敵人從背後奇襲，旅順一朝之間淪陷。

海水一泓煙九點，壯哉此地實天險。
砲臺屹立如虎闞，紅衣大將威望嚴。
下有窪池列鉅艦，晴天雷轟夜電閃。
最高峰頭縱遠覽，龍旗百丈營風颭。
長城萬里此為塹，鯨鵬相摩圖一瞰，
昂頭側睨視眈眈，伸手欲攫終不敢，
謂海可填山易撼，萬鬼聚謀無此膽。
一朝瓦解成劫灰，聞道敵軍蹈背來。

由於甲午戰爭的影響深遠，許多史家都試圖為此役敵勝我敗找出一個原因。最常聽到的一個說法，是慈禧太后將海軍建軍的經費挪用去修築「頤和園」，以致不但北洋艦隊「船不堅，砲不利」，甚至傳說砲彈裡填裝的是泥砂！我念中學時聽歷史老師講這段故事，感想是太荒謬了，怎麼可能？

去歲我赴北京探親，得以一遊頤和園，親身踏入這所拿「海軍建軍經費」興建的中國園林。頤和園占地遼闊，我們逛了整個上午仍嫌走馬看花，聽說臺胞旅行團來此觀光，標準是只停留兩小時！我對隨行大陸親友說，如果當年慈禧太后沒有挪用軍費，北洋艦隊打不打得過日本海軍還是未定之數，但是中國就少了一座頤和園。軍艦留不了這麼久的歲月，頤和園還算是在滄桑中保住了。大陸親友說我的講法倒是從一個新的角度看歷史。

也許歷史的遺憾就像〈哀旅順〉一詩所感嘆的，天險也未能保障旅順，那麼就算再加上船堅砲利又有用嗎？歷史中有太多變數，甲午戰爭豈能盡歸罪於慈禧太后和頤和園？

不能否認的是甲午戰爭開啟了日本侵華的百年惡夢，前五十年日本忙著軍事侵略中國，「人為刀俎，我為魚肉」；後五十年，日本改為忙著經濟侵略中國，並且要為前五十年的軍事罪行翻案！今年預估臺灣對日貿易逆差將高達一百五十億美元，平均每位國民承擔七百美元對日逆差，是全球最高的國家。更諷刺的是我們採購的日貨，有不少是日本過時商品與過期食品。今天我們對日本依然是「人為刀俎，我為魚肉」，我們的反省與對策又在哪裡？經濟部長卻說這是「自由貿易」，無法干涉！ 國父孫中山先生於一八九五年在檀香山創立「興中會」，誓詞中敘述當時中國在世界的處境是「堂堂華國，不齒於列邦；濟濟衣冠，被輕於異族」。論今天的中日關係，日本的眼裡可有我們這個國家的國格與民族尊嚴嗎？

甲午之役戰敗或是國運使然，何須苛責慈禧太后和頤和園？

——八十三年七月二十二日

中日恩怨未了債

民國三十四年日本向盟軍無條件投降迄今已近半世紀，但中國人對日本的怨恨與憎惡並未完全消除。事實上，整個太平洋水域地區的國家與人民，對日本都抱持戒心和懷恨。主要的原因是日本人做為一個集體民族而言，二次世界大戰的侵略暴行，曾帶給上述區域太多的痛苦回憶；過去半個世紀以來，「這個日本」卻一再試圖為它的侵略暴行翻案，如：日本學校教科書將侵略中國改為「進出」中國、七七盧溝橋事變是偶發事件、南京大屠殺是中國及西方捏造的謠言，未宣戰即「偷襲」夏威夷珍珠港改為「奇襲」……等等。這些個案再三喚起世人注意：「這個賣汽車的日本」就是「那個侵略殺人的日本」；「這個日本」仍然保有「那個日本」一樣的本性。

與同為二次世界大戰侵略者的德國相比，益發顯示今日日本作為的荒謬。德國的法庭已經宣示，如有人辯稱殘殺猶太人的「奧森維茲集中營」是捏造的謊言就是犯法；德國總理曾親訪位於現在波蘭境內奧森維茲集中營紀念館，以示懺悔與追悼；過去五十年來，西德一直支持以色列不遺餘力。因此，雖然德國近年來境內納粹思想蠢蠢欲動，並且迭有排外暴行，但德意志做為一個集體民族而言，已經充分顯示它的誠意。相反的，日本天皇於今年六月訪問美國，行程中刻意避開訪問夏威夷，因為日本人從未承認當年突擊珍珠港是不宣而戰。

不可否認的，五十年過去了，不用說許多史實已經有所爭議，個人的回憶也已褪色、模糊。當年站在重慶大轟炸過後的街頭廢墟上，合唱「中華錦繡江山誰是主人翁？我們四萬萬同胞」的小孩已是老人。衡陽會戰、長沙大捷、霧社事件、盧溝橋、臺兒莊、四行倉庫都成為模糊曖昧隱澀的詞彙，取而代之的是日本汽車、日本料理、日本女星寫真集、日本連續劇。日本電視NHK也悄悄的成為我們日常生活的一部分，談話中引用、討論，並且奉為經典圭臬。

已故的作家趙滋蕃先生在世時曾說，當個人的記憶逐漸退化，民族的記憶就必須增強。從這方面看，我們在保存民族記憶方面的成績太差了。猶記得幾年前日本政府在教科書中竄改侵略中國的史實時，亞洲各國紛紛抗議日本，唯獨臺北的反應最溫和。政府在各方指責之下，方窘困的宣布將以補充教材的方式，教導學生日本侵略我國的史實。然而這些年又過了，這樣的補充教材何在？我常常想起自己曾參觀位於挪威北海岸「那威克」市的一座和平紀念館，該市是一個海港，戰略意義上是兵家必爭之地，二次世界大戰時德軍在此與英、法、挪威的軍隊激戰，最後終於攻陷。這座紀念館以模型、實物、照片、圖表等等，展示當年戰役的每一天細節，所有說明文字都有德文！挪威何其善於保存民族的記憶。

日本天皇六月訪美，旅美的華僑已經宣布將舉行示威抗議，要求日皇公開道歉，並且要向日本索取侵華戰爭的賠償。在臺灣，前臺籍日本兵的積欠薪餉、戰時強迫臺灣民眾購買納粹德國馬克公債、慰安婦問題等等，都是未解決的懸案。

今天在大陸、臺灣及海外，都有民間自動組成的委員會推動對日索賠。這個觀念不但完全與現在當局宣導的「主權在民」意義百分之百吻合，也充分顯示中國人民正主動的為後代子孫保存歷史真相，因為「當個人的記憶逐漸退化，民族的記憶就必須增強」、「中華全民對日索賠」運動的超越性政治意義，值得世人重視，應當向聯合國申訴。

最後，僅在此呼籲臺灣地區的合唱團、樂團、各級學校音樂科系師生：將我國抗戰時期的愛國歌曲錄製成唱片、卡帶，這不但是為後世子孫留下美好動聽的樂章，也是保存民族正氣與尊嚴，更重要的是使後人知道我們這個時代，在臺灣的中國人除了豐田汽車與《阿信》

連續劇，並沒有忘記八百壯士孤軍奮守東戰場。

——八十三年六月十七日

日本情結宜速退

最近社會各界對於日本文化藉電視連續劇《阿信》大舉入侵臺灣，紛紛建言表示嚴重關切。一齣在日本上映十多年的老舊電視劇，中國電視公司以極低的成本購入，不但首開先例在週間八點檔黃金時段播出，又在中午時段以閩南語配音再播一次。「中視」賺了一筆廣告費不論，卻也帶動了新一波「日本熱」，中視與華視都預備接續播出日本連續劇。

所幸電視演員陳松勇先生仗義執言，先後向總統及新聞局長進言表示日劇大舉入侵，一則戕害我國文化，二則侵犯本土演員權益。陳松勇的直言大概起了一些作用，近日間電視學會舉辦座談，三臺同時表示願意共同約定，將不再在八點檔播日劇。

近年來日本對臺灣的影響與日俱增，工業零組件、民生日用品、高級消費品、兒童漫畫、電視連續劇……，幾乎無不是「日貨」的天下。臺灣演藝人員不但模仿日本影歌星，日本影歌星更是來臺演出，日本女星不但成為「軍中情人」，甚至日本影歌星到成功嶺與暑訓學生一同參加震撼教育，我們似乎完全忘記今年適逢中日甲午戰爭一百年。

有人說，應尊重多元文化，或說中日恩怨已了結，更有人認為今天還講「排日」是落伍的觀念。真的嗎？中視當初引進《阿信》時，宣傳這齣電視劇轟動世界，曾在全球幾十個國家上映……等等。我倒想知道，除了我們臺灣之外，這世界還有哪些國家在電視播《阿信》？這是可以查證的，能不能條列這些國家及電視臺的名稱？

前年曾赴南韓開會，有兩位南韓大學女生到漢城金浦機場接我，我們在候機室看電視，當時正播出《三國志》，我以為是日本製作的，沒想到這個韓國年輕人說不是，並說韓國電視不許播映日本節目。我雖然可猜到七八分原因，但仍然問她們為什麼。其中一位學生回答：「因為我們不能忘記日本帶給我們國家的痛苦。」她的言詞簡短，卻是大義凜然，充滿澎湃正氣，令人對韓國人的民族精神肅然起敬。試想，臺灣任何一所大學裡，有這樣的大學生嗎？日本占據韓國三十五年，與日本占臺五十年相去不多，何況朝鮮半島與日本東瀛三島一衣帶水，日韓的歷史淵源怎麼說都比日本與臺灣的關係來得深。照理講，今天的南韓應該也充斥著日本情結，可是事實上剛好相反，與臺灣是截然不同的寫照。

今天日本做為一個國家及一個集體的民族，在全世界幾乎都是不受歡迎的，甚至遭人唾棄、痛恨，因為日本軍國主義在二次世界大戰的侵略獸行令人髮指，直到今天仍然不時為侵略翻案。

唯有臺灣是一個異數，日本在臺灣獲得異乎常情的歡迎。例如大陸、南韓、東南亞諸國都為二次大戰的「慰安婦」向日本追索賠償，唯有臺灣表現得格外「溫柔敦厚」，難怪香港的《遠東經濟評論》週刊報導，日本很想先與臺灣就臺籍日本兵與慰安婦賠償達成協議以作示範，因為其他各國對日本要嚴厲得多！這是何其諷刺，也間接證實了我們做為日本附庸的國際地位。

為什麼臺灣社會舉國上下有這麼深厚的日本情結？也許日本立教大學戴國煇教授的見解比較中肯，他認為韓國被日本占領是整個民族都滅亡於異族，因此容易產生舉國同仇敵愾的反日情緒；日本侵略中國只是局部的占據臺灣，東北、華北、京滬、兩廣，中國遂分裂成日本占領的「淪陷區」與自由的「後方」。這兩個地區因而產生了對比之下的差異，「淪陷區」的人民嘲笑「後方」的貧窮，「後方」地區人民譏諷「淪陷區」的亡國奴心態。臺灣歷史上的二二八悲劇何嘗不是起因於此，戴國煇教授在《愛憎二二八》書中的回憶，暴動發生時，有

「本省人」身穿日本和服，手揮武士刀，攔路檢查行人。戴國煇是客家人，不會講閩南語，被迫唱日本軍歌以證明自己不是大陸來的「清國奴」。

中國受害於日本何其深何其久，電視三臺都是納稅人稅金支持的社會公器，請為臺灣地區的中國人保留一點民族尊嚴吧。

——八十三年十二月二十三日

為眷村說句公道話

國軍袍澤的眷村在選舉前後備受政府及媒體的關注。印象裡，總統、行政院長及黨政要員從來沒有這麼密集的訪問過眷村。現在選舉已過，塵埃落定，在不會影響選情之下，想一吐心中潛藏已久的塊壘，為眷村講句公道話。

行政院連戰院長選前密集訪問眷村後，對媒體透露一段內心感受。連院長說他看見有一戶眷村居民，家有三位唸大專的子女，卻擠在三坪不到的狹窄空間中，連院長說他的感觸良多。

其次，臺北市長黃大洲先生造訪眷村後，他的印象是「竟然還有相當多的眷村居住環境是那麼簡陋，看到這樣的景象使我不禁潸然淚下，這些征戰沙場、戍衛疆土數十年的老榮民，犧牲是最大，貢獻相當多，但社會回饋給他們的卻相當闕如」。

這兩位政府行政首長的心聲，雖然的確反映了眷村的現況，可是在選舉前講這些話，難免給人「拉選票」之嫌。政府的眷村改建政策已經說了很久，但實際完成改建的比例極低，進度極慢，令人有「只聞樓梯響，不見人下來」之嘆。

每逢選舉，眷村就備受重視，因為各地眷村的選票一向是執政黨的「鐵票」。眷村住戶絕大多數是國軍袍澤家眷，國家民族意識尤其堅定，與主張「臺獨」的黨派格格不入。但是從幾年前開始，眷村也有投票給非執政黨候選人的情形，輿論謔稱為「鐵票生鏽」。這次省市長選舉，據報載：從執政黨的角度看，至少臺北市的眷村票是大量流失了，似乎選前的密集訪問沒有發揮太大功用——或者說，如果沒有那幾波密集訪問，恐怕眷村票丟得更多。

憑良心說，是人就有自尊心，眷村投票取向與眷村居住環境品質應當是兩回事，不能把「選票」與「改建」劃上等號，成為交易。這種心態恐怕對於爭取選票還有反效果，因為傷害了眷村民眾的自尊。須知：如果行政院長視察眷村時作了儘速改建的承諾，應當就是國家的既定政策，與省市長是否由執政黨候選人當選無關才對，因為選舉後的行政院並未換黨換人。現在臺北市長由民進黨人執政，臺北市的眷村改建政策還要不要執行呢？

其次，當前社會上對於眷村還有一些誤解，有心挑起省籍情結衝突者更是常在這方面作文章，認為以「外省人」為主的眷村住戶憑什麼來臺灣占「本省人」的土地？

這些在民國三十九年前後隨政府來自大陸的「外省人」，並不是懷著「去臺灣占土地」之心來臺灣的。這些「外省人」當中，許多人在大陸家鄉也是有土地、有房產的，因戰亂而遠走他鄉實在是他自己也想不到的一場惡夢。再者，眷村裡的「外省人」都是隨軍來臺，當年為了保衛國家而犧牲個人小我的前程；是因著他們身著戎裝固守臺澎金馬，才有今日社會的繁榮富裕。然而，就如同黃大洲先生所說的，「社會回饋給他們的卻相當闕如」。其實，今天這些眷村民眾寄望於政府的不過是稍稍改善居住環境，使其能與社會整體的繁榮富裕不致相去太遠，這實在不是過分的請求。如果今天中國是統一的，臺灣人可能因任務而駐軍山東省，在山東成了「外省人」。設若因故必須久駐山東省，難道政府不為這些落腳異鄉的臺灣兵安排眷村嗎？今天由於國家分裂，使得許多山東人、河南人、廣東人無法還鄉，這是中國的不幸，臺獨人士嚷「中國豬滾回去」、「外省人都是光屁股逃難來臺灣」，實在是何等惡毒！

如果懷疑為什麼眷村的鐵票會生鏽，也許是因為當有人刻意誣衊眷村時，不見政府與執政黨為眷村講句公道話。更重要的，眷村居民可以忍受惡劣的居住環境，可以忍受外界的誤解與誣衊，但是不能忍受自己曾經毀家紓難以捍衛的國旗被焚燒、踐踏，國家民族意識不容模糊。黨政要員密集訪問眷村時，可曾注意到這股沛然莫之能禦的民族正氣？此謂之榮光，謂之氣節。

——八十三年十二月九日

媒體的語言

想從大眾傳播媒體學語言必須非常小心，因為媒體自有一套語言的邏輯，和平時生活口語不大一樣。我無意間從報紙、電視、收音機的廣告，發現它們的語言非常有趣。

有一間速食店的廣告說他們最近推出的新產品「震撼了速食界」，一間建設公司說「在民眾熱烈地呼求下，終於在本區推出個案」。這兩個例子都是誇張的媒體語言，賣個漢堡怎麼會「震撼」誰？民眾只嫌房屋價太貴，現在全臺灣空屋頗多，誰會「熱烈呼求」建設公司造房子賣？仔細一想，就不難察覺這兩則廣告的刻意誇大。

以上舉的例子是見諸平面媒體的文字廣告，從收音機廣播中更可發現有趣的廣告。收音機播音沒有文字與影像，做廣告比較難。有一則證券公司的廣告，是兩個男人的對話，結尾是其中一個說：「請打電話××××××某某公司。」在現實生活中，沒有人會如此對話的。設計廣告的人想以生活化的對話使廣告生動，實質上卻是使廣告中的對話肉麻。另一則讓人聽了起雞皮疙瘩的收音機廣告，是兩個女士的對話，其中一位以急促興奮的語氣說某銀行推出電話語音服務，再也不必趕銀行了。另一位小姐馬上說她也要去申請語音服務。試想：我們日常生活裡幾時為銀行的服務如此興奮過？

「廣告生活化」似乎是廣告界的趨勢，但常常反而模糊了廣告的宣傳主體。例如一則出現在電視的汽車廣告，鏡頭對準駕駛的小姐，一直延伸到她到達目的地，與親人相聚，然後旁白加上一段「某某汽車關心您」等感性的祝詞。這則廣告的畫面很唯美、很浪漫，卻忽略了主角——汽車，完全沒有介紹這部汽車的特點、優點。我們如果買車，大概會注意車子的配備、性能，還有價格，並不關心是否有一則浪漫的電視廣告吧？可是這則浪漫的廣告重複、密集地出現在電視上，無形中加深了我們對這部汽車的「印象」，間接影響我們買車時的選擇意願。這就是所謂的「媒體就是訊息」，我們只記得曾在電視上看見一部某廠牌的汽車，這是唯一的訊息！

電視與廣播相比，前者的播出成本貴得多。所以出現在電視上的「語言」都非常精簡。除了廣告之外，一般新聞訪談所播出的只是片段的一兩句話。懂得媒體特性的受訪者會把握時間，在短短的片語句中陳述幾個重點，包含關鍵鑰字就成了。年底臺北市長選舉在即，政治人物頻頻利用媒體曝光。有一回黃大洲、陳水扁、丁守中三人相繼訪問某單位，螢幕上出現黃市長面對鏡頭囁嚅半天講不出一句話，陳水扁則是一貫的微笑面孔，「這個」、「那個」、「這一個」……丁守中根本沒有出現，只由主播唸稿報導他的行蹤。這當中涉及我國電視媒體的玄妙之處，你我皆知，就不必贅言了。

說到陳水扁先生的口頭禪「這個」、「那個」、「這一個」，許多廣播電視界的主持人及政治人物都有相同的習慣，常以「這個那個」來掩飾講話接不下去的尷尬，久而久之遂成習慣，「這個那個」成了很有用的連接詞。例如：「這是中華隊的一個得分的情形」（得分情形可有「兩個」嗎？怎麼是論「個」呢？）、「以上是國民大會開會最新情況的一個報導」、「我們現在就請某某某告訴我們颱風的這一個最新動態」……。

關於媒體語言可談的甚多，有一回看見一本書討論廣播英語，我想那位有心人也可寫一本《看電視聽廣播學中文》，也許會是一本有趣的暢銷書呢！

以上是這個在下觀察媒體語言的一個心得。

——八十三年八月二十六日

新社區意識

常在傳播媒體看到、聽到「社區意識」這個名詞，大多是怨嘆人心不古，鄰里鄉親守望相助之情大不如前，缺乏社區意識。最常見引用的例子即公寓大廈中的住戶，家家鐵門深鎖，老死不相往來，甚至有的窩藏嫌犯或是藏污納垢成了賭場、槍械製造場，而樓上樓下鄰居仍然不知不覺，直到發生警匪槍戰才猛然驚醒。

這類新聞日漸增多，於是就有人士呼籲重建已失去的社區意識。但是何謂社區意識？社區意識如何形成？似乎討論得不多。一般只是籠統的認為「居住在同一地區的人，應該要有共同的情感觀念」，這樣的見解，也許未免一廂情願了。

首先，居住在附近的住家未必就構成「社區」。社區，通常有一個清晰的範圍界限。其次，除了居住相近之外，社區中的居民還必須有其他方面的共通性，例如：軍隊的眷村、機關學校的眷屬宿舍等等。裡面居住的住戶，由於在同一個機關學校工作，彼此比較熟悉。這類住戶自然較易形成社區意識，甚至於擴大到其他層面。每逢選舉，媒體紛紛討論眷村是否仍是國民黨的「鐵票部隊」即為一例。所以，僅是同一條街上的住戶民眾，並不一定產生共同的社區意識。

建築公司建造公寓大廈，也有心營造一種社區意識，以吸引買主。最早的例子當屬臺北新店的「花園新城」。這幾年，建築商則多以複雜的「公共設施」製造社區意識，例如：中庭花園、游泳池、健身房、會客室、圖書館等等。但正如前述，一群人並不會只因為住在同一條街上或同一棟公寓裡就產生共同的社區意識。這些建築物的附屬設施只是要多花錢維持，對於社區情感的助益並不大。常見許多豪華大廈的游泳池最後成為一汪死水養蚊子！

我曾聽過一位政治人物的懷古演講，他提到在「阿媽」的年代，鄰居街坊到了黃昏都搬出小板凳去河邊乘涼閒話家常。乍聽之下，彷彿是多麼美好的社區情懷。然而，那個時代是屬於已逝將盡的農業社會。今天我們社會的人口暴增，我們的工作並非下田插秧，我們的家庭不再是五代同堂，我們下班回家後要看書、看電視、上館子、督促兒女做功課……，當然沒有坐小板凳乘涼的社區生活。這是時代背景的變遷，原無須自責。

今天許多人士緬懷憧憬的社區意識觀念，大半是來自以往農村社會的傳統經驗。在那個時代，社區以家族和土地為中心，人民日出而作，日入而息，日常生活一切由族長、大老、宗祠維繫共同規範，往往形成具有強烈排他性的地域情結。今天臺灣地方派系勢力，可視為舊時代社區意識的殘存影響。

現代都市化的社會恐怕不適用往日農村社區意識。放眼世界上許多大都會的共同特徵之一，即居民多半並非出生於當地。這些都會的成就與建設，是由許許多多來自四面八方的外來人口共同努力所致。所以，世界上的大都會多以「世界性」自豪，倫敦的中國餐館就有上千家之多，但無礙於倫敦仍是英國的首都。有那麼多可以品嘗中國菜的地方，反而構成倫敦自豪之處，也是一種特色。

從選舉看都會社區意識，由於都會區的居民彼此並不熟識，因此不容易產生地方派系，所以選舉時不賣票、不投人情票；他們是新居民，沒有累世祖先遺留的土地田產牽掛，所以對公共事務比較有客觀公平的評斷。可以這麼說，都會區的共同社區意識是注重生活品質、公共行政效率、社會正義與法治。這是社區意識的新趨向，值得我們認識，更值得我們推廣。

——八十三年四月二十二日

中產階級與人文意識

臺灣社會的許多負面現象都與髒亂有關，老百姓出口成「髒」，三字經口頭禪不離嘴；名勝古蹟地面遍布垃圾、濃痰、鼻涕；每逢選舉就有買票傳聞……。因此，社會上產生了許多相對應的「運動」：「不要讓嫦娥笑我們髒」是鼓勵民眾中秋賞月後把垃圾帶回家，「你丟我撿」是普遍性的環保宣傳，「乾淨選舉救臺灣」是鼓吹反賄選買票。這些社會運動有多大成效很難說，不過至少反映出髒亂是臺灣社會的問題，小自個人道德、公共衛生，大至社會集體意識，處處呈現髒與亂。

一個已是見怪不怪的現象：從賓士轎車出來一位穿拖鞋的男性駕駛人，手持大哥大，指上鑽戒閃爍、腕部金錶發亮，眼戴墨鏡、項掛金鍊，口出穢言，隨地吐檳榔汁。

這位先生的行頭在在顯示他的身分地位不容小覷，賓士車、金錶、鑽戒、大哥大，都是昂貴的名牌貨。可是卻讓人難以苟同他的言行，他代表的形象是一位紳士嗎？其實我們下意識裡都同意紳士的定義並不在於名車名錶這些身外之物；紳士風度指的應是「誠於中，形於外」的氣質和理念。

國外先進社會也有人開賓士車，但是車內出來的不會是如此粗俗不堪的仁兄，因為在上軌道的社會，一個人所得及地位，與他的能力、見識、辛苦歷程是相配的，所謂「一分耕耘、一分收穫」。反觀臺灣社會，個人財富與能力知識並不相稱，這裡有太多的暴發戶、土財主，只因為農田變建地，一夜之間富甲千萬，同時卻有許多受過高等教育的雙薪夫妻，辛勞經年仍是無殼蝸牛。醫生、律師日進斗金，不須開發票，受薪階級反而是納稅主力；大財團在股票市場炒作哄抬，小散戶被套牢，成為受害人。感嘆的是在今天，只有極少數的政治人物敢於公開譴責這種畸形的貧富差距現象，因為那些嚼檳榔穿拖鞋開賓士房車之輩正是我們社會的「紳士」，影響政經動向，得罪不起。這種現象，可稱之為扭曲的人文意識，是臺灣社會髒亂之源。

這些嚼檳榔穿拖鞋之輩的喜好厭惡，代表的不是「本土文化」或「鄉土情懷」，他們當中的中庸者是第四臺黃色秀場頻道的觀眾，下焉者淪為街頭衝突事件的暴民，上焉者受惠於不正當利益輸送，升格為穿西裝打領帶的民意代表與財閥。不論千變萬變，他們的本質並未改變，是一群極其缺乏人文意識的莠民。明乎此，就不難了解何以有所謂「臺灣醫界人文傳統繼承者」、「臺灣紳士傳統繼承者」之稱的臺大醫院會成為「臺灣最大的紅包醫院」（引自《新新聞》週刊）。實在說，賓士房車、高級音響、環球旅遊、名畫名酒高爾夫俱樂部，都無法塑造人文氣質。

社會的中產階級有別於上述的土豪、劣紳、浪人。中產階級為了不願意下一代心靈受污染，所以拒看黃色藝人節目；執著理性，因而排斥街頭暴力；反對不公平的所得分配，當然厭惡金權政治。平時沒有機會讓這些人表達他們的意念與力量，因為他們不是一群可以被唆使利用、組織動員的「團體」；中產階級拒絕頭綁黃巾去示威，更不願上遊覽車當捧場造勢工具。但是這一群中產階級的確存在於任何社會，當年巴黎的暴民與左派學生聯合鬧事，幾乎癱瘓全市，多少政客趁亂局從中煽風點火，可是忍無可忍的巴黎市民終於在法國國歌「馬賽曲」的歌聲中齊上街頭，宣洩他們對於動盪政治的不滿。這些中產階級市民憂國感時，才是法蘭西光榮人文精神的承傳者。臺灣，這個「錢淹腳踝」的社會，捍衛人文意識的中產階級在哪裡？

——八十三年十二月二日

婦女選民的終極目標

女性在選舉中成為話題是很自然的事，因為一個鐵一般的事實就是女性在人類社會中占有一半的人口。當政黨與個別候選人認知這個事實之後，自然就會想盡方法吸取這「一半人口」的票源。問題是政黨與個別候選人為何要向女性選民提出特別的訴求呢？很顯然是因為他們知道女性在社會中有不同於男性的社會問題與需求。

女性與男性的差異有「生物性」與「社會性」兩種根源。「生物性」的差異是天然造成的；男性有不同的性別器官與機制。「社會性」的差異一部分是「生物性」差異的延伸，另一部分是出於人類傳統文化的影響，對婦女有各方面的性別岐視，從性騷擾到同工卻不能同酬等等。

未來學家托夫勒即說「性別歧視」可能是人類社會流傳最久也最難消除的歧視。

諷刺的是婦女大眾在兩性社會議題上，很少認知「性別歧視」的真正核心乃是不公平的社會傳統與制度。相反的，女性往往不自覺的走向男性的領域競爭，企圖在「生物性差異」方面求平等，例如女性健美比賽中，女選手展現宛如男性般的肌肉。另一方面，女性過去受限於「男主外、女主內」的觀念，使婦女在經濟與知識上都依賴丈夫。今天婦女就業人口日益增加，但是所從事的職業類別薪資等級多屬於附加價值低的層次。日本人稱呼大學畢業後在企業界做幾年事就結婚辭職的女職員為「OFFICE LADY」，意即花瓶。值得社會全體深思的是一位婦女如果做專職家庭主婦，在家為先生小孩烤一個香噴噴的蛋糕，卻得不到社會的肯定。如果她離家就業，哪怕是只做一位無關緊要的「OFFICE LADY」，卻能領薪水、甚至領退休金，並且以職業婦女自居。這樣的社會制度公平嗎？這能算男女平等嗎？為什麼職業婦女在麵包店烤製的蛋糕要比家庭主婦在家中烤製的蛋糕更有價值？

兩性在社會上的不平等不可能僅靠婦女投票解決。根本之道是女性應該在各級民意機構中占有一半的席次。唯有如此，才能真正選出完整反映女性心聲的民意代表。如果在一百個席次中只有十位女性代表點綴，這十位代表乃是「在男性領域競爭的女性」，其意義有如女性健美選手，並不能完整代表女性。最諷刺的是人類民主選舉制度為地域、職業等族群分級保障名額，卻不給與占人口一半的女性應有的尊重。我深信唯有當以男性為主的政治制度讓步，還給女性同等席次之後，人類社會才有可能認真著手解決長期壓抑累積的「性別歧視」現象。否則，所有政黨與個別候選人針對女性選民的訴求都不能真正解決兩性之間的種種社會問題。

——八十三年十一月十二日

林青霞在美結婚

最近臺北接連舉行了兩個大型的全國會議：「全國教育會議」與「全國農業會議」。然而，這兩次會議在媒體上所占的版面篇幅都極為有限。就在這兩次會議之後沒多久，卻有兩則新聞在媒體上占了大幅版面，且是連續追蹤報導：第一則是影星林青霞在美國結婚，另一則是與電視主持人胡瓜有關的緋聞案。林青霞的婚禮新聞整版！胡瓜的緋聞案是頭題！

有人說這是一個不能「正經嚴肅」的時代，因為時局過於動盪，政治人物過於詭辯、過於機巧。今天，如果我撰文贊成省市長選舉時須有副首長搭配，明天就得更正，因為最新流行的說法是省市長有秘書長分憂就夠了。這種變動的速度遠超過「民意如流水」、「朝令錯，夕改又何妨」。選罷法規定選舉前須設籍六個月，突然也不知道是為了誰的方便而要改成四個月。請問：為什麼不改成須先設籍「三個月二十七天又八小時半」呢？

由於時局動盪搖擺的幅度過大，輿論與民意都無所適從；投機分子與騎牆派更是難為，不知該如何表態才是。今天看省長選舉與國大修憲，給人的荒繆與不確定感，遠不如看林青霞結婚時用了多少玫瑰花。其實，仔細想想：人家結婚用多少花干我何事？然而，幾乎所有的報紙都出動記者圍繞在人家門口晝夜盯梢，望遠鏡和直昇機都用上了；一輛卡車運來新家具，記者除了詳細報導沙發椅的顏色型式，還要告訴讀者：收貨人姓邢，是林青霞的郎君，所以沙發椅是他們的！

其實，我並不排斥媒體鉅細靡遺的報導林青霞的結婚。林青霞是電影明星，靠票房、靠觀眾，是公眾注目的人物。她們藝人的一舉一動都提供媒體娛樂資訊；藝人也需要在媒體曝光，增加知名度。藝人和媒體本來就是互惠的生命共同體。

真正諷刺的是一般認為該「正經嚴肅」的新聞，其內容卻更為乏善可陳。例如國大臨時會以來，社會大眾所看見的是：你打我一巴掌，我也還你一巴掌；女的打完了換男國代上場，從臺上打到臺下。請問這不是和看武打電影一樣嗎？還有國民大會也扯上了用攝影機看內褲顏色的事件，這不是和胡瓜捲入的緋聞頗為類似嗎？胡瓜還說無論司法如何判決，他都要休息一陣子。國民大會的國大代表們惹出風波後，也沒見誰要告罪收山。以前聯考作文題目是

「假如教室像電影院」，現在是「議壇已經像電影院」，只不過上演的片子水準還不夠，聲光色彩及情節尚待加強。

今天的臺灣，有兩種行業已逐漸成為「好人止步」的領域：一是政界，一是娛樂界。可嘆的是對一個社會而言，這兩種行業的影響力都極為深遠，極需好人參與投入。打開電視，流行綜藝節目成為「十大不宜親子共賞節目」之首；再看政界，一個接一個縣市的「議員伯」淪為賄選案的被告。多年以前，一位朋友在聚會時不經意的說要讓他小孩長大後做電影明星，結果招來一陣哄笑（別人都是希望孩子做醫生、科學家）。因為在我們社會的集體意識裡，已經很難想像明星也可以是很偉大的藝術工作者。今天，恐怕「從政」在臺灣的集體意識裡已是一個正在墮落的行業，我們已經默默接受所謂「政治就是高明的騙術」這個定義。我不憂慮當前做主角的這一代，我憂心未來的主人翁，因為在他們的成長過程裡看不見標竿典型般的「好人」，而文天祥、岳飛、史可法、臺兒莊、一江山都太遙遠太陌生了。林青霞，也許還是我們這個時代比較具有善意與誠意的象徵與注腳。

啊，一九九〇年代的臺灣，林青霞在美結婚。

——八十三年七月八日

三民叢刊書目

㉔	臺灣文學風貌	李瑞騰著
㉕	干儛集	黃翰荻著
㉖	作家與作品	謝冰瑩著
㉗	冰瑩書信	謝冰瑩著
㉘	冰瑩遊記	謝冰瑩著
㉙	冰瑩憶往	謝冰瑩著
㉚	冰瑩懷舊	謝冰瑩著
㉛	與世界文壇對話	鄭樹森著
㉜	捉狂下的興嘆	南方朔著
㉝	猶記風吹水上鱗 ・錢穆與現代中國學術	余英時著
㉞	形象與言語 ・西方現代藝術評論文集	李明明著
㉟	紅學論集	潘重規著
㊱	憂鬱與狂熱	孫瑋芒著
㊲	黃昏過客	沙　究著
㊳	帶詩蹺課去	徐望雲著
㊴	走出銅像國	龔鵬程著
㊵	伴我半世紀的那把琴	鄧昌國著
㊶	深層思考與思考深層 ・轉型期國際政治的觀察	劉必榮著
㊷	瞬　間	周志文著
㊸	兩岸迷宮遊戲	楊　渡著
㊹	德國問題與歐洲秩序	彭滂沱著
㊺	文學關懷	李瑞騰著
㊻	未能忘情	劉紹銘著
㊼	發展路上艱難多	孫　震著
㊽	胡適叢論	周質平著
㊾	水與水神 ・中國的民俗與人文	王孝廉著
㊿	由英雄的人到人的泯滅 ・法國當代文學論集	金恆杰著
(51)	重商主義的窘境	賴建誠著
(52)	中國文化與現代變遷	余英時著
(53)	橡溪雜拾	思　果著
(54)	統一後的德國	郭恆鈺主編

⑧⑤ 訪草（第一卷）

陳冠學 著

本書是作者於田園生活中所見所感之作，內有田園畫，有家居圖，有專寫田園聲光、哲理的卷軸。喜愛大自然田園清新景象的讀者，將可從中獲得一份未曾預期的驚喜與滿足；另有一小部分有關人性與人生哲理的文字，則會句句印入您的心底。

⑧⑥ 藍色的斷想

·孤獨者隨想錄

A·B·C全卷

陳冠學 著

本書是作者暫離大自然和田園，帶著深沈的憂鬱面對人世之作。一路上你將有許多領略與感觸，時或有天光爆破的驚喜；但多數時候，你的心頭將披著一襲輕愁，甚或覆著一領悲情。這是悲觀哲學，卻是被熱情、關心與希望融化了的悲觀哲學。

⑧⑦ 追不回的永恆

彭歌 著

本書是《聯合報》副刊上「三三草」專欄的結集。作者以其犀利的筆鋒，對種種社會現象痛下針砭，冀望這些警世的短文，能如暮鼓晨鐘般，在這變亂紛乘的時代，起著振聾發聵的作用。

⑧⑧ 紫水晶戒指

小民 著

俗世間的珍寶，有謂璀燦的鑽石碧玉，有謂顯榮的列鼎封侯。其實生活就是人生最美的寶物，不假外求。非常喜愛紫色的小民女士，以她一貫親切、自然的文筆，輯選出這本小品，好比美麗的紫色禮物，要獻給愛好文學也愛好生活的您。

⑧⑨心路的嬉逐

劉延湘 著

本書筆調清新幽默，論理深刻而又能落實於生活踐履。走一趟作者精心安排的「心路」之旅，您將莞爾一笑，心情頓時開朗。而您也將發現，原以為只是一條山間小路，結果卻是風景優美，鳥語花香的舒坦大道。

⑨⓪情書外一章

韓 秀 著

情與愛是人類謳歌不盡的永恆主題，它為空虛貧乏的現代生活加添了無數的色彩。本書記錄下了作者在日常生活中感受到的親情、愛情、友情及故園情，在書中點滴的情感交流裏，在這些溫馨的文字中，我們是否也能試著尋回一些早已失去的東西。

⑨①情到深處

簡 宛 著

本書是作者旅美二十五年後的第二十五本結集。身為一個教育家，作者以其溫婉親切的筆調，寫出篇篇充滿溫情的佳構，不惟感動人心，亦復激勵人性。將愛、生活與學習確實的體驗，真正感受到人生的有情，生命也因此生意盎然。

⑨②父女對話

陳冠學 著

一位老父與五歲幼女徜徉在山林之間，山林蓊鬱，山泉甘冽，這裏自有一份孤獨的甘美。本書是記述作者父女在人世僻靜的一個角落，過著遺世獨立生活的文字畫。舉世滔滔，這應是一面明鏡，堪供讀者對照。

⑨③陳冲前傳

嚴歌苓　著

在好萊塢市場，多少人一夜成名直步青雲，又有多少人一朝雲中跌落從此絕跡銀海。身為一個中國人，陳冲是經過多少的奮鬥與波折，身為一個聰慧多感的女子，她又是經過多少的心路激盪，才能處於這洶湧波滔中。本書將為您娓娓道出陳冲的故事。

⑨④面壁笑人類

祖　慰　著

本書是有「怪味小說派」之稱的大陸作家祖慰，在巴黎面壁五年悟得的佳構。他的散文神遊八荒，情貫萬里，將理性的思惟和非理性的激情雜揉一起。讀其作品既能吸收大量的科普知識，又可汲取其飄逸文風的美感享受。

⑨⑤不老的詩心

夏鐵肩　著

夏先生一生從事文化工作，大半心力都用在鼓勵培植有潛能的青年人，助他們走上文學貢獻之路。而他本身亦創作出不少的長短佳文。本書收錄計有：詩詞小品、散文、方塊評論等。作者一顆不老的詩心，洋溢在篇篇佳構中。

⑨⑥雲霧之國

合山　究　著

使中國風土之特殊性獨具一格的，與其說是天地的廣大，不如說是因塵埃、雲煙等而為之朦朦朧朧的自然空間吧！精氣、神仙、老莊、龍、山水畫、奇書等，其產生是有如何玄妙的根源啊！就以「雲霧」為起點，讓我們一起走進這美麗幻夢般的世界。

⑰北京城不是一天造成的

喜樂 著

打從距今七百五十多年前開始，北京城走進歷史的繁華紛亂。現在，且輕輕走進史冊中尋常百姓的那頁，一盞清茶、幾盤小點，看純中國的插畫、尋純中國的足跡。由博學多聞的喜樂先生做嚮導，就讓你我在古意盎然中，細聆歲月的故事。

⑱兩城憶往

楊孔鑫 著

霧裡的倫敦、浪漫的巴黎，除此之外，這兩城你可還留有其他印象。本書是作者派駐歐洲新聞工作二十多年的記錄。透過作者敏銳的筆觸，且讓讀者徜徉在花都、霧城的政經社會、文化藝術、風土人情以及歷史背景中。

⑲詩情與俠骨

莊因 著

一顆明慧的善心與真摯的情感，經過俠骨詩情的鑄煉，將生活上的人情世事，轉化為最優美動人的文句，呈現出自然明朗灑脫的風格。文學對於作者而言，不僅是興趣，更是他的生命，但他不泥古而創新，在其文章中俯首可拾古典與現代的完美融合。

⑩文化脈動

張錯 著

「我是一個文化悲觀者，因為我個人一直堅持某種希臘式的古典禮範，而這種文學或文化古典禮範，已日漸有如夫子當年春秋戰國的禮崩樂壞。」作者就是以這顆悲憫的心，用詩人敏銳的筆觸，深刻而熱切的批判著臺灣的文化怪象。

⑩ 桑樹下

繆天華 著

本書是作者在斗室外桑樹蔭的綠窗下寫就的小品散文。作者試圖在記憶的深處，尋回那些感人甚深的、發人深省的，或者趣味濃郁的人文逸事，不惟激勵讀者高遠的志趣，亦能遠離消沈、絕望的深淵。

⑩ 牛頓來訪

石家興 著

本書為作者三十多年來從事科學工作的心情寫照，包括思想、報導、論述、親情、遊記等等。文中處處流露出作者對科學的執著與熱愛，及超越科學之外的人文情懷，篇篇清新雋永，理中含情，情中有理，為科學與文學的結合，作了一番完美的見證。

⑩ 深情回眸

鮑曉暉 著

作者生長在一個顛沛流離的時代，雖然歷經千辛萬苦，但行文於字裏行間，卻不見怨天尤人；有的只是對以往和艱苦環境奮鬥的懷念及對現今生活的珍惜，以及世間人事物的觀照及關懷。做為一本懷舊之作，或是清新的生活小品，本書皆為上乘之作。

⑩ 新詩補給站

渡也 著

你寫過新詩嗎？你知道如何寫一首具有詩味的新詩？本書是由甫獲得「創世紀四十周年創作獎」的詩人兼詩評論家渡也先生，深入而精闢的剖析一首新詩的形成過程，指導初學者從如何造簡單句到如何寫出一首詩，是一本值得新詩愛好者注意的書。

⑩⑤ 鳳凰遊

李元洛 著

一生從事古典與現代詩論研究的大陸學者李元洛先生，如何在放下嚴肅的評論之筆，轉而用詩人細膩的筆觸，摹寫山水大地的記行，以及人生轉蓬的寄悵，書中句句是箴語、處處有真情，值得您細品。

⑩⑥ 文學人語

高大鵬 著

忙碌的社會分散了人們的注意力、淡化了人們對身旁人事物的感情，任由冷漠充填在你我四周……而本書的作者以感性的筆觸，表達了自己對身旁人事物的真心關懷，以平實的文字與讀者分享所遇所感，無疑是給每個冷漠的心靈甘霖般的滋潤。

⑩⑦ 養狗政治學

鄭赤琰 著

身處地理、政治環境特殊的香港，作者藉由動物的百態來反諷社會上種種光怪陸離的政治現象，在其輕鬆幽默的筆調背後，同時亦蘊含了嚴肅的意義。這一則則的政治寓言，讀之不僅令人莞爾一笑，更具有發人深省的作用，批判中帶有著深切的期盼。

⑩⑧ 烟塵

姜穆 著

作者是一位出生於貴州的苗族人，卻意外的捲入戰爭。在臺娶妻生子後，所抒發對戰亂、種族及親人的真誠關懷。內容深沈、筆觸清新，充分顯露在生活的烈焰煎熬下，早已視一切如浮雲，淡泊名利，將其一生的激越昂揚盡付千里烟塵中。

⑽ 河宴

鍾怡雯 著

人間繁華的請柬處處，不如赴一場難得的野宴。聽一回水的演奏、看一場山的表演，再來細細品味鍾怡雯為您端出來的山野豐盛清淡的饗宴——極盡可口的綠、十分道地的藍，以及不加調味料的白。

⑾ 滬上春秋

章念馳 著

章太炎，這位中國近代史上的思想家、政治家，曾因領導戊戌變法失敗而流亡海外。他雖是浙江餘姚人，卻有大半輩子的歲月是在上海度過。本書是由章太炎的嫡孫章念馳先生，從家族的口述和史料中，完整的敘述章太炎的這段滬上春秋。

⑾ 愛廬談心事

黃永武 著

每個人心中都有一枝彩筆，然而在趕遠路、忙上班的歲月裏，枕頭上的日升月降中，像拋來擲去的跳丸，彩筆就這樣褪去了顏色……本書作者在辭去沈重的教職和繁雜的行政工作後，重拾心中的彩筆，為您宣說一篇篇的文學心事。

⑿ 吹不散的人影

高大鵬 著

時代替換的快速，不知替換了多少人生舞臺上出現剎那的面孔；而人類，偏又是最健忘的族群。本書中所收錄的文章，均是作者用客觀的筆，為曾替人類社會或文化默默辛勤耕耘的「園丁」們，做最真實的文字記錄。

⑪③ 草鞋權貴

嚴歌苓 著

曾經叱吒風雲的老將軍，是程家大院的最高權威，九個承繼他刁鑽聰明的兒女，則個個心懷鬼胎……一個來自鄉下的伶俐女孩，被命運的安排，走入這權貴世家。威權的代溝、情份的激盪、所有內心的驕傲與傷痛，這會是怎樣的衝突，怎樣的一生？

⑪④ 是我們改變了世界

張放 著

從事文學藝術的工作者是「人類靈魂的工程師」。如果作家不能提高廣大讀者的精神生活品質，而僅為娛樂人心、滿足人們的好奇和刺激，那麼與馬戲團的小丑或兜售春藥的小販何異？故而作者不禁要問：是我們改變了世界，還是世界改變了我和你？

⑪⑤ 夢裡有隻小小船

夏小舟 著

日本人參加婚禮愛穿黑色、日本料理味輕單調、日本人性格分ＡＢＣＤ、還有情書居然可以賣……於日本教書的大陸作家夏小舟，在本書除了告訴你作者旅日的見聞趣事外，也且隨她乘坐那夢裡的小小船，航行向那魂縈夢遷的故國灣港中。

⑪⑥ 狂歡與破碎

林幸謙 著

你可曾聽過溯河魚的傳統？憑著當初離開河源的記憶，激勵著牠們回到了河川盡頭的故鄉。寧願冒著生命的危險，也不願成為溫暖海洋中的異鄉客。

本書作者由溯河魚的傳統，引入海外華人的悲調，一種狂歡與失落、破碎而複雜的心靈面貌。

⑰ 哲學思考漫步

劉述先 著

同樣的環遊世界旅行，企業家看到的是廣大的市場和商機；觀光客沈迷的是風景名勝和購物；文人墨客則歌詠人類史蹟與造物的奧祕。而哲學家呢？本書作者以其敏銳的邏輯思考，在具體的形象世界中悠遊漫步。期待您經由本書而拓寬自己的視野。

⑱ 地鼠與玫瑰

水 晶 著

地鼠營巢於地下，專喜啃嚙花草植物的根莖。而玫瑰是酷愛陽光的美人，有潔癖，不能忍受穢物……本書作者從事寫作近四十年來，筆墨蘸盡世間人情冷暖，猶然孜孜不倦的寫作。揮灑於字裡行間的，是一種識盡愁滋味後卻道天涼好個秋的豁達心境。

⑲ 紅樓鐘聲

王熙元 著

文學博士王熙元教授，多年來一直不能忘情於散文的寫作。他的散文清新而感性，談生活點滴，筆端真情流露；論人生哲理，則深入淺出，發人深省。此外剖析文學之美，或回憶個人成長、求學的心路歷程，亦多令人有所啟發，值得一讀。

⑳ 寒冬聽天方夜譚

保 真 著

本書為「青副」專欄「靜夜鐘聲」的結集。作者將其對生命與同胞的熱愛、執著，用感慨深邃的筆調，表現於一篇篇的短文中，告訴我們現今的臺灣與中國，需要我們付出什麼樣的關懷。在這些簡短的文字中，希望也能燃起我們一絲對民族的熱情。

⑫①儒林新誌

周質平　著

本書是旅美普林斯頓大學周質平教授，將其多年在國內外的華文報章上所發表的四十多篇論述雜文結集成冊。書中呈顯出所謂海外學人的千般樣態，嘲諷中不失幽默，值得您細心體會。

⑫②流水無歸程

白樺　著

大陸知名作家白樺繼《哀莫大於心未死》之後又一本長篇小說。他的書取材是當代的，是改革開放後大陸所面臨的經濟文化與人慾的衝擊。書中的人物如高幹、富商、少女、情婦、歌星等，在金錢的誘惑下，一一呈顯出深沈黑暗而扭曲的人性面。

⑫③偷窺天國

劉紹銘　著

善人走完了人生路途上天國，會幸福到什麼程度？天國的幸福，會不會只是塵世快樂的延續？在本書作者引領之下偷窺天國的結果，是否會發覺天國的無趣？永恆實在可怕，幸福和快樂如果遙遙無盡期，一樣會變為無聊、乏味。天國，是否就在當下。

⑫④倒淌河

嚴歌苓　著

屢獲各大報文學首獎的嚴歌苓，繼《陳冲前傳》、《草鞋權貴》後又一本小說新著。內容包括十個短篇及一部中篇〈倒淌河〉。全書無論在寫景、敘事或對話，都極老練辛辣，辣得幾乎教人流出淚來。

國立中央圖書館出版品預行編目資料

寒冬聽天方夜譚／保眞著. --初版. --
臺北市：三民，民84
面；　公分. --(三民叢刊)
ISBN 957-14-2283-5（平裝）

855　　84005107

© 寒冬聽天方夜譚

著作人　保　眞
發行人　劉振强
著作財產權人　三民書局股份有限公司
臺北市復興北路三八六號
發行所　三民書局股份有限公司
地　址／臺北市復興北路三八六號
郵　撥／〇〇〇九九九八一五號
印刷所　三民書局股份有限公司
門市部　復北店／臺北市復興北路三八六號
重南店／臺北市重慶南路一段六十一號
初　版　中華民國八十四年七月
編　號　S 85305
基本定價　貳元捌角
行政院新聞局登記證局版臺業字第〇二〇〇號

ISBN 957-14-2283-5（平裝）

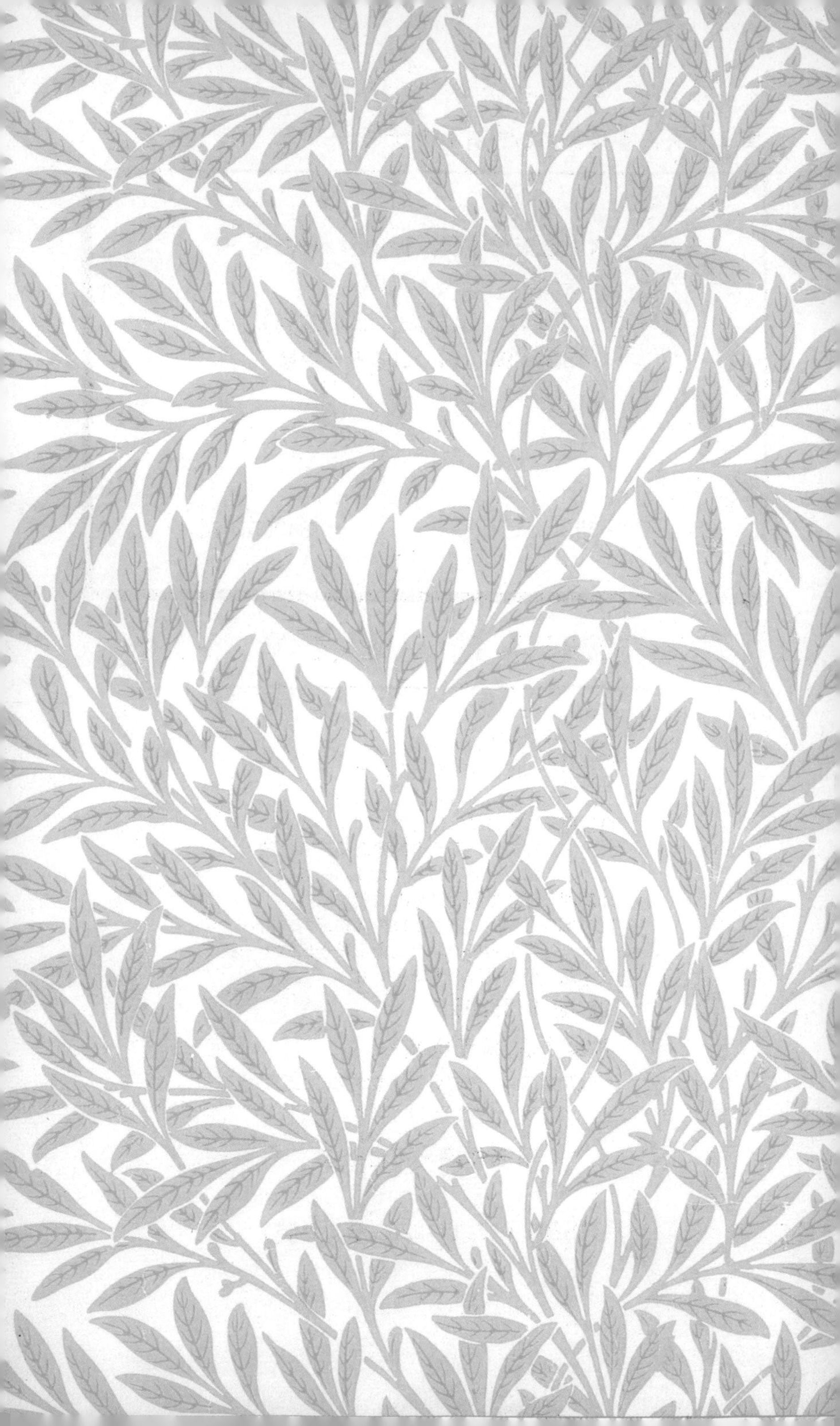